新潮文庫

許されようとは思いません

芦沢 央著

新潮社版

11082

目次

許されようとは思いません

目撃者はいなかった

これでおまえも一人前だな。

山岸に肩を小突かれながら言われた言葉を、修哉《しゅうや》はすぐには理解できなかった。え、と反射的に訊《き》き返し、傍らの壁面を指し示される。山岸の指の先に顔を向けると、そこには先月の営業成績表が貼《は》り出されていた。まず自分の定位置である一番下を確かめ、そこにあった別の人間の名前に目をしばたたく。

これまでは部長に見上げさせられていたその表を、初めて自主的に見上げていく。顎《あご》が持ち上がるほどに目が見開かれ、下から五番目、表の真ん中辺りで視線が止まった。

〈営業本部　葛木《かつらぎ》修哉〉

いつもよりも立派にさえ感じられる名前に、目が吸い寄せられる。

「え」

もう一度、つぶやきが漏れた。眉根《まゆね》に皺《しわ》が寄る。どういうことだろう。先月は特別他の営業部員たちの成績が悪かったのだろうか。

「何辛気臭い顔してんだよ。よかったじゃねえか」

山岸が豪快な笑い声を上げ、今度は修哉の後頭部をはたいた。修哉はよろめきながらようやく頰をほころばせる。

「いや、まぐれですよ。先月はたまたま他の人の成績が伸びなかっただけで」

「おいおい、嫌味か？」

山岸が大仰にのけぞる仕草をした。言われてみれば、山岸の名前は修哉の一つ下にある。修哉は目を疑った。先月に限った話とは言え、自分が、大体三カ月に一度は成績トップになる山岸より上位につけたらしいということが信じられない。

だが、山岸は屈託なく「なんてな」と目尻《めじり》を下げた。

「まぐれでも何でもいいんだよ。こういうのは一回上手《うま》くいくと弾みがつくからな。自信にもなるし、そうすりゃますます契約が取りやすくなる」

そう言う山岸の口調にはそれこそまったく嫌味がなくて、本当に喜んでくれているのが伝わってくる。修哉はじんわりと腹の底が温かくなるのを感じた。山岸は、きっと密《ひそ》かに自分のことを案じてくれていたのだろう。なかなか結果を出せない不出来な部下に、苛立《いらだ》ちではなく純粋な応援を送ってくれていたのだ。

「ありがとうございます。山岸さんのおかげです」

修哉は心の底から言って頭を下げた。

「俺は何もしてねえって」

山岸は照れくさそうに顔の横でパタパタと手を振る。

「いえ、本当に山岸さんのご指導がなければここまで来られませんでした」

修哉は言葉を重ねながら、自分がずっとこのセリフを口にする日を夢見ていたのだとわかった。これまで、他の同期たちが誇らしげに上司にそう告げていたように。

背中に数人の視線を感じる。それは、心地良い緊張感だった。自然と背筋が伸び、口角が上がる。

自信にもなるし、そうすりゃますます契約が取りやすくなる——そうかもしれない。たしかに、今ならいつもよりも滑らかに、説得力のある口調で営業トークを口にできる気がする。

「まずは、もう一回まぐれ当たりを出せるように頑張ります」

「おう、その調子だ」

修哉が腹に力を込めて言うと、山岸は満足気にうなずいた。

「まあ、何にせよ、この数字には自信を持っていい。別に先月他のやつらが特別成績が悪かったわけじゃないよ。俺が入社三年目の頃には出せなかった売上だ」

表を見上げて目を細め、労《ねぎら》うように修哉の肩を叩《たた》きながら去っていく。

修哉は「え」という声を今度は飲み込んだ。ぎこちなく首を動かし、改めて表を見上げる。売上額の欄に並んだ数字を一の位から順に辿《たど》っていき、最後まで見たところで息を呑《の》んだ。

一瞬にして、全身が強張《こわば》る。

――何だろう、これは。

自分が試算していた額とかけ離れていることはたしかだった。これなら、山岸の言う通り他の営業部員の成績が悪くなくても最下位にはならない額だ。だが、なぜ――

修哉は早鐘を打ち始めた心臓をワイシャツの上から押さえながら、自席へと向かう。震える指でマウスを操作し、先月中に作成した売上伝票を開き始めた。これは、おかしくない。これも――大丈夫だ。一つひとつ、目を通しては閉じ、目を通しては閉じを繰り返していく。見つからない。やっぱり間違いなんてないんだろうか。いや、どう考えてもこんなに売り上げていないことは自分が一番よくわかっている。どこかに間違いがあるのだ。一体どこが――

最後から二番目、昨日作成したばかりの伝票を開いて半ばまで視線を滑らせた瞬間だった。

〈株式会社ハッピーライフ・リフォーム　7月24日受注　8月2日午前納品
杉　テーブル材　204センチ×93センチ×3・7センチ
税込35000円　11枚　納品時に代引き〉

冷水を浴びせられたように血の気が引く。

――そんな、まさか。

視界が暗くなった。

単純な入力ミスだ。一枚しか注文を受けていないものを十一枚受注してしまっている。三万五千円が十枚分、三十五万円が余分に売上として計上されているのだから成績が変わってきて当然だ。

修哉は頬の内側を強く嚙《か》み、電話に手を伸ばした。けれど受話器をつかんだところで動きを止める。

足早に事務所を出て自動販売機のある角を回り込み、辺りを確認してから携帯を取り出した。製材所の番号を呼び出し、携帯を耳に押し当てる。

発信音が長く続いた。全員作業中だろうか。修哉は腕時計の文字盤をにらみつける。

八月一日──もう製材してしまっているかどうか。

『はい、河北木材《かわきた》』

受話口から聞こえてきたぶっきらぼうな声に、修哉は縮み上がった。

「あ、どうも。営業部の葛木です」

喉《のど》がひどく渇いて声がかすれる。

『何だ葛木か。内線なんか使わねえで直接来いよ。前にも言っただろうが。こっちは手が離せねえことが多いんだよ。ちゃんと商品を目で確かめる癖をつけりゃ売り込みだってもっと上手く──』

「すみません、ちょっと出先で」

『あ？』

ガラの悪い声が耳朶《じだ》を打った。

『ああ、何だ外線か。で？　何か用か？』

「あ、あの」

修哉は視線を彷徨《さまよ》わせながら携帯を握りしめる。

「明日納品の杉テーブル材の件なんですけど、今どんな感じかなと……」

『杉？　もう加工して積み込んであるよ。それがどうかしたか？』

ぐらり、と地面が傾いた気がした。だが、身体《からだ》は少しも動いてはいない。

「いえ……ちょっと先方から納品が間に合うか確認があったもので」

答えてしまってから、白状するなら今だったのだと気づいた。けれど、訂正する間もなく、『そんなことかよ』という不機嫌そうな答えが返ってくる。

『間に合わないなら間に合わないって連絡してるだろうが』

苛立ちを含んだ声と共に電話が切れた。

「あ」

修哉は携帯を見下ろして声を上げる。今、訂正しようと思っていたのに。咄嗟《とっさ》に、自分に言い聞かせるように考えた。俺は訂正しようとしたのに、切られてしまったからできなかったのだ――必死に考えながら、泣きたくなる。

まぶたの裏に、山岸の笑顔が蘇《よみがえ》った。よかったじゃねえか。俺は何もしてねえって。

そして、自分が誇らしげに口にした言葉。

『本当に山岸さんのご指導がなければここまで来られませんでした』

山岸がこのことを知ったら、と思うと胸を強く押されたような圧迫感を覚えた。がっかりするだろう。喜んでくれた分だけ、いや、それ以上に。二年も育ててきた部下が結局まったく成長しておらず、それどころか単純ミスまでしていたのだから。

事務所の方へ向けたつま先が宙で泳ぐ。どうしても、一歩を踏み出す気にはなれなかった。怒られる。呆《あき》れられる。失望される。

——嫌だ。

耳の裏が熱くなる。嘲笑《ちょうしょう》が聞こえる気がした。やっぱりね。あいつが最下位じゃないなんて、何かおかしいと思ったんだよ。ただの入力ミスで順位上げといて調子乗ってりゃ世話ないよな。まだ言われたわけでもない言葉までが聞こえる気がして、消え入りたくなる。

「くそ!」

固めた拳《こぶし》で太腿《ふともも》を殴りつけた。

「くそ、くそ、くそ!」

思いきりやっているつもりなのにほとんど痛みを感じない。奥歯を嚙みしめ、呻《うめ》き声を漏らしながらうなだれる。

——何で、こんな単純なミスなんか。

どうしてちゃんと見返さなかった。基本中の基本じゃないか。新入社員だってやらないミスだ。

手の中に握りしめた携帯を焦点の合わない目で見下ろした。

どうして、せめて今訂正しなかったんだろう。こういうのは報告が遅くなればなるほど問題が大きくなる。切り出して積み込んだ時点なら社内で怒られるだけだが、先方に届けてしまえばそちらにも謝らなければならなくなる。配送料だって余分にかかってしまうし、第一、納品先からの指摘で発覚するなんて最悪のパターンだ。今すぐ山岸に報告して発送を止め、伝票を作り直せば——それだって、三十五万円の損失だ。ボーナスだって減らされるだろう。最悪、弁償させられることだって——そう、考えかけたときだった。

修哉は目を見開き、喉仏を上下させる。

——ごまかしてしまえば。

どくん、と心臓が跳ねた。冷えた腹の底に蠢《うごめ》くような脈動が広がっていく。そうだ。どうせボーナスだって減らされる。弁償させられる可能性だってなくはない。だったら——三十五万円分、自分で買い取ってしまえば。

固まった全身が、少しずつほぐれていくのがわかった。そうだ、そうだ、そうすればいい。奇妙な興奮に息が荒くなる。

何を用意すればいいだろう。社名の入っていない作業服？　顔を隠せる帽子？　偽《にせ》物《もの》の受領証と領収書も必要なはずだ。とにかく今日はもう早退して、その流れで明日

の休みもらって──

修哉は携帯をポケットに押し込んだ。視線を宙に浮かせたまま踵《きびす》を返し、事務所へ戻る。営業本部を見渡すと、山岸の姿はなかった。小さく息を吐き、背中を丸めて部長の席へと進む。

喉に絡《から》んだ唾《つば》を咳払《せきばら》いして飲み込み、声のトーンを落として続けた。

「すみません、あの、ちょっと体調が悪くなってしまって……今日はこのまま早退させてもらってもいいですか」

コミカルな蜂《はち》のロゴマークが曲がり角から現れた。

すかさず修哉はエンジンを停めてレンタカーの軽トラを降りる。途端に蒸した空気が全身を包んで、息苦しさが増した。作業服の襟を整え、駆け込むようにしてハッピーライフ・リフォームの敷地内へ足を踏み入れる。

資材が積み重なったスペースの端まで到達するのと、蜂のロゴマークが車体に描かれた運送業者のトラックが門から入ってくるのが同時だった。

修哉は作業場の入口から人が出てこないのを確かめながら、大きな身振りで運転席の男に合図をする。男は修哉の指示通り、高く積み上がった木材の陰に車を停めた。

「ここでいいんですか？」

運転席から顔だけを出し、空間を測るように奥を見やる。

「いえ、実はすぐに現場に持っていかなきゃいけないのでそこの軽トラに載せてもらえますか」

修哉は声が上ずりそうになるのを下腹部に力を込めて堪《こら》え、門の外に停めた軽トラを指さす。男は眉を上げた。

「え？」

怪訝《けげん》そうな表情に、修哉の背筋が強張る。つい先ほどまで冷房の効いた車内にいたはずなのに、異様なほどに汗が噴き出していた。

──怪しまれたか？

だが、運送業者には自分が本物の社員かそうでないかの区別などつけられないはずだ。

修哉は首に巻いたタオルで額を拭《ぬぐ》い、「急いでるんです。早くしてください」と語調を強める。

「え、あ、はい」

男は慌《あわ》てたように、トラックをバックさせ始めた。ピー、バックします、ピー、バックします。やけに大きく聞こえる機械音声に、修哉は舌打ちをしそうになる。作業場の入口を振り返り、拳を強く握った。今の音で、誰かが出てきてしまったら。鼓動が速まり、二の腕が粟立《あわだ》つ。

男は修哉の軽トラの後ろにトラックを停めると、軽い身のこなしで運転席を降りた。トラックの背後に回り、荷台の扉を開ける。ガンッという音が響いて、修哉は身をすくませた。男は胸ポケットから皺の寄った紙を取り出して広げる。

「えーと、河北木材からのお届けで、木材が十一枚。間違いないですか」

「はい大丈夫です」

修哉は答えるのもそこそこに作業服の袖《そで》をまくった。

「運び込むの手伝います」

「え？　いいですよ。重いですし」

「急いでるんで」

有無を言わさぬ口調で、勝手にトラックの荷台に飛び乗る。

「俺が下ろすんで、軽トラに載せていってください」

「あ、はい」

男はアタフタと修哉から二枚一組で梱包《こんぽう》された木材を受け取った。そのまま二人で黙々と運び、積み込み続ける。男が軽トラの荷台で木材を慎重に重ねていくのを見るたびに焦燥感が増した。早く、早く、本物の社員が出てこないうちに。

腰が軋《きし》み、汗が目にしみる。それでも休むわけにはいかなかった。ここで本物の社員が出てきてしまったらおしまいなのだ。身分を明かせば商品を盗もうとしたと思われることはないだろうが、ミスをしたことも、それを隠そうとしたこともバレてしまう。

すべてを積み終えたときには、完全に息が上がってしまっていた。

「すいません、手伝ってもらっちゃって。でも助かっちゃいました」

「じゃあ俺はこれで」

ヘラヘラと笑っている男に投げつけるように言って軽トラの運転席に向かう。

「あ！　ちょっと！」

背後から呼び止められた。鞭《むち》で叩かれたように全身がびくりと跳ねてしまう。

――バレた？

息が詰まった。振り向くことができない。

だが、男はあっさりと修哉の前に回り込んできた。

「こちら、受け取りのサインをお願いします。あと、代引きですんでお支払いも」

「え？　あ」

修哉はハッとズボンのポケットを押さえる。用意してきた代金の封筒を抜き取りながら奥歯を噛みしめた。何をやってるんだ。落ち着け。男から受領証とボールペンを受け取り、〈葛木〉と書きかけて慌てて手を止める。わざと雑な字でハッピーライフ・リフォームの担当者の名前を書きつけ、封筒と一緒に男に押しつけた。

「えっと、代金が……」

「三十八万五千円に代引き手数料が二千円で三十八万七千円。ちょうど入ってる」

「あ、はい。確認させてもらいます」

男は不慣れな手つきで札束を数えていく。十枚数えるごとに数え終えたお金の置き場に困り、そのたびに修哉が手を貸した。

「ありがとうございました」

ようやく数え終えた男から領収書をひったくるようにして受け取り、修哉は踵を返す。運転席に飛び乗り、エンジンキーを回すや否《いな》やアクセルを踏み込んだ。

走り出して最初の角を左に曲がり、サイドミラーからハッピーライフ・リフォームの看板が消えたところでようやく息をつく。

——とりあえず、第一段階はクリアだ。

疲労と痺《しび》れの残った腕をダッシュボードに伸ばし、煙草《たばこ》とライターを拾い上げた。手に上手く力が入らず、親指がライターの上で滑る。煙草をくわえた唇の間から舌打ちが漏れた。苛々と繰り返して何とか火をつけ、勢いよく煙を吸い込む。肺が広がっていくような感覚がして、やっとまともに呼吸できるようになった気がした。

——でも、問題はここからだ。

頬を引きしめて両手でハンドルを握り直すと、くわえたままの煙草から灰がこぼれる。慌てて灰皿に灰を落とし、そのまま側面に押しつけて火を揉《も》み消した。デジタル時計に目を向け、ハンドルを回す。十一時四十二分。午前中着の配送指定なのだから、これ以上遅くなるのも疑われるもとだろう。何にせよ、早く終わらせてしまった方がいい。自分に言い聞かせてさらに角を曲がる。再びハッピーライフ・リフォームの看板が見えてきて、それだけで呼吸が荒くなった。

先ほどとは違い、今度は車のまま敷地内へ入る。作業場の入口近くに停めると、帽子を目深《まぶか》にかぶって車を降りた。一番上に置かれた三枚組の梱包を解いて板を一枚取り出し、家で作ってきた受領証と領収書を確かめて腰に巻いたポーチにしまい直す。意識的に長く息を吐き出し、作業場のインターホンに指を沈めた。

——誰が出るだろう。

ごくりと生唾を飲み込む。担当者の大谷《おおたに》には、一度名刺を渡して挨拶《あいさつ》してしまっている。顔を合わせるのは三カ月ぶりで二度目だとは言え、もし顔を覚えられていれば気づかれる可能性もなくはない。他の人間ならば、自分が偽者であることにはまず気づかないだろうが、軽トラがレンタカーであることを怪訝に思われる危険性はある。どちらにしろ、手早く自然に済ませてしまうことが肝心だ。普通は運送業者の顔や車をジロジロと見ることはしないだろう。とにかくこの板を納品して受領証にサインをもらい、代金を回収して領収書を渡せば——

数秒して通話が繋《つな》がる気配がした。修哉は顔を伏せたまま、帽子を一瞬だけ浮かせて元に戻す。

「ミツバチ運輸です。木材の納品なんですが」

『あ、はいはい。今行きます』

返ってきた声は聞き覚えのない女性のもので、少しだけ肩の力が抜けた。

——大谷は不在なんだろうか。

修哉は汗ばんだ手のひらを作業服の腹に擦《こす》りつけ、何度も咳払いをする。大丈夫だ。これさえ済ませてしまえばあとはもうバレる心配はなくなる。唇を舐《な》め、剝《は》がれかけた唇の皮を前歯で嚙み切った。

だが、次の瞬間、

「どうもどうも、暑い中ご苦労様」

背中から聞こえた声に再び全身が強張る。

——大谷、いたのか。

修哉はうつむいたまま振り向いた。

「遅くなりまして申し訳ありません。こちらに納品でいいですか」

普段より低い声で早口に言い、返答を待たずにポーチから受領証を取り出す。

「あ、悪いんだけど、そこの角材の横に運んでもらっていいかな」

大谷はのんびりした口調で言って修哉の背後の資材置き場を指さした。修哉は顔を歪《ゆが》めそうになるのを堪えながら、「はい」と小さくうなずいて受領証をしまう。板を抱え上げると、大谷は自然な動作で反対側を持った。向かい合う形になり、心拍数が上がる。

「あれ？」

大谷が上げた怪訝そうな声に、危うく板を落とすところだった。は、というかすれた声が喉から漏れる。

「いや、梱包されてないんだなと思って」

修哉は唇を開いた。けれど声が出てこない。

「なんて、君が言われても困るよね。いやさ、河北さんのとこは前回きちんと梱包してくれてたから」

「……すみ、ません」

「違う違う、君のせいじゃないんだってば」

大谷は親しげな口調で言うと「はい、ここで大丈夫」と板を下ろし始めた。修哉も足を止めて腰を屈《かが》める。

「ありがとう。悪いね」

「では、こちらにサインを」

修哉は大谷の言葉を遮って受領証とボールペンを突き出した。大谷が骨張った手で書きつけるのを見下ろしながら、震える指でポーチのチャックをいじる。

「あと、代引きですので三万五千六百円をお願いします」

「ああ、はいはい。えーと、じゃあ三万六千円からでいいかな?」

大谷はくたびれた茶封筒からお金を取り出し、眉尻を下げた。

「ごめんね、ちょうどじゃなくて」

「いえ……四百円のお返しと領収書です」

修哉は予《あらかじ》め用意してきた釣り銭と領収書をすばやく渡し、後ずさるように一歩足を引く。終わった。あとは、このまま帰るだけだ――

「あ、そうだ」

心臓がぎゅっとつかまれたように痛んだ。呑んだ息が吐き出せない。

「よかったら一杯麦茶でも飲んでいくかい？　この暑さだし熱中症も心配だろう」

「え……」

「僕も運ぶのを頼んじゃったし、それに、すごい汗じゃないか」

大谷の視線が自分の顔に向けられるのを感じて、慌ててキャップ帽のつばを下ろした。

「……せっかくですけど、次の配達がありますので」

「そうかい？　くれぐれも水分補給には気をつけるんだよ」

大谷は少し残念そうに言ったものの、食い下がりはしなかった。修哉は会釈《えしゃく》をして手の中の受領証とお金をポーチに押し込む。

「ありがとうございました」

口をほとんど動かさずにそう言って、軽トラへ一歩歩み寄ったときだった。

大谷の肩越しに、ここから一ブロック先にある交差点が視界に飛び込んでくる。

こちらに向かってくるブルーグレイのステップワゴンを認識した瞬間、唐突にその角から白い乗用車が現れた。

あ、と思ったときにはもう遅かった。直進していたワゴン車の運転席に、乗用車が勢いよく突っ込む。

大きな衝撃音が響いた。

スローモーションのようにワゴン車が横へ傾いていき、何かの欠片《かけら》がキラキラと宙を舞う。ワゴン車の方の信号が青から黄色へと変わるのが見えた。

一瞬、頭が真っ白になる。

「え？」

修哉の目の前で、大谷が弾《はじ》かれたように振り返った。修哉は交差点と大谷のどちらに焦点を合わせればいいのかわからず、結局どちらにも上手く視線を向けられずに宙を呆然《ぼうぜん》と見つめる。

何が起こったのか、すぐには把握できなかった。たった今、目に映ったばかりの光景が信じられない。まるでドラマのワンシーンのように――いや、それよりもあっけなかった。何の溜《た》めも前振りもなく、唐突に衝突した二つの車に、それぞれ生身の人間が乗っているのだという実感が湧《わ》かない。

交差点では、ワゴン車が完全に横倒しになっていた。乗用車のバンパーも無残にひしゃげてしまっている。辺りに無数のガラスやプラスチックの破片が飛び散っているのが遠目にも見えた。ハッとして信号を見上げると、既にワゴン車の方の信号は赤に変わっている。

動けずにいる修哉の視線の先で、乗用車から中年女性が転がるように飛び出してきた。額から血が流れているものの、足取りはしっかりしている。

「ああ……」

大谷が嘆息する音が修哉の耳に届いた。

「よかった、とりあえず命に別条はないみたいだ」

その言葉に修哉も息を吐き出し、自分が呼吸を止めていたことに遅れて気づいた。全身を包んでいた空気がふっと緩むのを感じる。作業服の上から胸を強く押さえた。だが、速まった鼓動はなかなか治まらない。動悸《どうき》が激しすぎるためか、汗をかきすぎているからか、ひどい眩暈《めまい》がする。膝《ひざ》から力が抜けて横に一歩よろめいた。

「何かできることは……あ」

現場へ向けて足を踏み出しかけた大谷がふいに足を止める。つられるようにして修哉も顔を向けると、周囲の家やビルからたくさんの人が出てくるところだった。あっという間に事故現場には人だかりができる。

「あれなら、行かない方がいいかな」

大谷はひとりごちる口調で言い、首にかけたタオルで額を拭った。

「事故の瞬間、見ました？」

「あ、はい」

修哉は思わずうなずいてしまってから、ハッと我に返る。

「いや、えっと……」

「今のって何がどうなって、」

「すみません、次の配達があるんで」

慌てて遮り、今度こそ軽トラに乗り込んだ。大谷の方には顔を向けないように注意しながらエンジンをかける。

会釈をしてアクセルに足をかけると、「あ」と大谷が運転席の窓に手を押しつけてきた。修哉はぎょっと上体を引く。

「警察に何か訊かれたら協力した方がいいですよ」

大谷は迷いのない口調で言った。

「知り合いで目撃者がいなくて困ったやつがいたんですよ。ああいうの、水かけ論になったりすると大変だから」

「……そうですね」

修哉は低く答えながら、身体を屈めてアクセルを踏み込んだ。


ひとまず板を自宅に運び入れてレンタカーを返し、再び自宅に戻ってきたのは十五時過ぎだった。修哉は鉛を詰め込まれたように重たく感じられる身体を懸命に動かし、汗で肌に張りついた作業服を脱ぎ捨てたところでやっと一息つく。眩暈と頭痛を堪《こら》えながらスポーツ飲料を飲み下した。下着姿でシングルベッドに横たわり、エアコンの冷風に身を委《ゆだ》ねる。

——これで、ごまかせたのだろうか。

とにかく余分な十枚の板は回収できた。本物の運送業者には伝票通りの代金を渡しているのだから、書面上矛盾はない。ハッピーライフ・リフォームからしても一枚注文して一枚納品されたのだから、何も問題はないはずだ。

修哉は急速に冷えてきた身体をタオルケットの中で丸める。目の端でキッチンの前に積み重なった板を見やり、ねばついたため息を吐き出した。

――あれは、どうしよう。

本来であれば捨ててしまうに越したことはないのだろうが、今の大きさのままでは捨てるのも難しい。細かく切ってしまえば可燃ごみに出せるにしても、今はその体力も気力もなかった。それに、と修哉は鈍痛を訴える眉間《みけん》を指の腹で押す。

三十五万円分なのだと思うと、何にも役立てないまま捨ててしまうのは惜しいような気もした。誰かに転売するようなことはできないが、たとえば実家に持って帰るとか――そうだ、そうすれば父親がテーブルなり棚なりを日曜大工で自作するだろう。

そこまで考えると、少しだけ胸のつかえが取れる。何にせよ、それはほとぼりが冷めた頃に少しずつやればいいことだ。どうせ職場の人間がここに来ることはないのだから。

修哉はまぶたを下ろした。途端に激しい睡魔が襲ってくる。あとは、何か他にやっておくべきことはないだろうか――そう考えようとしながら、次の瞬間には意識を手放していた。

そのままぶっ通しで十四時間眠り、目が覚めたときにはもう早朝だった。ひどい筋肉痛で強張った身体を何とかベッドから引き剥がし、風呂場《ふろば》へ向かう。浴槽にお湯を溜めながら洗顔と歯磨きを済ませ、お湯が半ばまで溜まったところでシャワーを浴び始めた。

手早く身体を洗い終えると、湯気の立つ浴槽に足を差し入れていく。温度差にざっと粟立った肌は、肩まで浸《つ》かるととろけるように弛緩《しかん》した。修哉は浴槽の端に後頭部を預け、長く息を吐き出す。

——もう大丈夫だ。

自然とそう思えた。予想外の事態はあったが、概《おおむ》ね上手くいった。誰にも正体を気づかれなかったし、板を家に運び込むときも誰にも見られていないはずだ。

これで、すべて終わったのだ。

修哉はゆっくりとまぶたを下ろす。するとふいにまぶたの裏に横転したワゴン車の姿が浮かんだ。途端に口の中に苦味を感じ、目を開ける。

——そう言えば、あの運転手は大丈夫だっただろうか。

乗用車の方の女性はすぐに出てきていたが、ワゴン車の運転手の姿は見ていない。あれだけの衝撃で、横転までしていたのだから、まったくの無傷というわけにはいかないはずだ。最悪の場合、亡《な》くなっているという可能性もある。修哉はぞくりと背筋に悪寒《おかん》が這《は》い上がるのを感じて浴槽の中で座り直した。

もし、ワゴン車の運転手が亡くなったんだとしたら、自分は人が死ぬ瞬間を目撃してしまったことになる。それは、何かとても恐ろしいことに思えた。

修哉は、これまで人の死に立ち会ったことがない。母方の祖父が他界しているものの、それは幼稚園の頃の話で、葬儀に参列しただけだった。そこにあったのは死の匂《にお》いではなく、儀式というものが醸《かも》し出す一種異様な空気感だ。怯《おび》えて泣き始めた修哉を、周囲は祖父の死を悲しんでいるものと解釈したようだったが、本当のところそこまで悲しさを覚えるほど懐《なつ》いていた相手でもなかった。会うのは盆と正月のみ、どちらも祖父は終始庭で何かをしていて、抱き上げてもらった記憶も話しかけられた記憶もほとんどなかったからだ。

修哉にとって死とはドラマや映画、あるいはニュースにしか出てこない自分とはかけ離れた存在で、だからこそ、乗用車の女性の額から流れていた鮮血の赤が脳裏から離れない。——横転してしまっていたワゴン車の運転手はどれほどの怪我《けが》を負っているのか。

居ても立ってもいられないような落ち着かなさを覚え、修哉は勢いよく立ち上がる。全身についた水滴をバスタオルで荒々しく拭《ふ》きながら洗面所の鏡を見やると、貧相な裸の男と目が合った。慌ててうつむき、床に落ちた下着に足を通す。

――事故のその後を知ることができれば、落ち着けるだろうか。

ワゴン車の運転手が無事だとわかれば、それ以上は考えずに済むはずだ。

修哉は部屋へと戻り、テレビをつけた。朝のニュース番組を観《み》て回り、ため息をつく。

昨日の事故について取り上げている番組は一つもなかった。ただタイミングが悪くて見つからないだけなのか、それとも普通の交通事故ではテレビのニュースで取り上げられることもないのか。修哉は頭を拭いていた手を止め、煙草に火をつける。

唇を尖《とが》らせて煙を吐き出し、頭に広がっていく微《かす》かな痺れを味わうように天井を仰いだ。事故自体はありふれたものなのだろう。当事者や地元の人間にとっては一大事であっても――

「あ」

修哉は口から煙草を離した。

地元――そうだ、新聞がある。地方紙の社会面であれば取り上げることもあるはずだ。

煙草の火を揉み消すと、Tシャツとスウェットをすばやく身に着けた。財布と携帯だけをポケットに突っ込み、アパートの裏手にあるコンビニへ向かう。新聞と菓子パン、缶コーヒーと煙草を買い込んで足早にアパートへ戻り、菓子パンの袋を歯で嚙み切りながら卓袱台《ちゃぶだい》の前にあぐらをかいた。

〈マンション火災で2人死傷　幸町〉〈ホームから転落　女性右足に軽傷〉〈元郵便局員に有罪　182万円着服で〉〈工事現場で鉄材落下　通行人にけが人なし〉——社会面に並んだ記事の見出しを指でなぞっていき、三段目の記事に差しかかったところで動きを止める。

〈車2台が衝突　信号無視か〉

太いゴシック体で書かれた見出しが浮かび上がって見えた。

〈2日の午前11時55分ごろ、中富町6丁目の交差点でワゴン車と乗用車が衝突する事故があった。この事故でワゴン車を運転していた中富町小岩の会社員・隅田曜平さん(29)が死亡、〉

「……あ」

思わずつぶやきが漏れた。死亡、という文字に、内臓が下に引っ張られたように重くなる。やはり、亡くなっていたのか。修哉はひと口齧《かじ》っただけの菓子パンを卓袱台に戻し、その先の文章に視線を滑らせる。

〈乗用車を運転していた下田市中井戸の主婦・望月佳代子さん（53）が左腕を骨折する重傷を負った。

中富署によると、ワゴン車が赤信号を無視、乗用車と衝突したものとして調べを進めている〉

「え？」

修哉は目を見開いた。拳を口元に当てる。

——どういうことだろう。

修哉が目撃した事故では、赤信号を無視したのは白い乗用車の方だったはずだ。なのになぜ——眉間の皺が濃くなっていく。

もしかして、現場に状況を判断できるような痕跡《こんせき》がなく、自分の他に目撃者もいなかったんだろうか。

嫌な汗が背中を伝い落ちた。

監視カメラなり、タイヤ痕なり、何か状況を証明するものがあれば、当然こんなふうに間違った方向に捜査が進んでしまってはいないだろう。もし、生存者の証言しか使えるものがないんだとしたら。

『警察に何か訊かれたら協力した方がいいですよ』

大谷の声が、耳の奥で反響した。

『ああいうの、水かけ論になったりすると大変だから』

だとすれば、水かけ論どころではない。一方は証言をすることすらできず、片方の証言だけで状況が決められつつあるのだから。死人に口なし、という言葉が浮かんで、胸がざわつく。

自分が信号を無視していたくせに、相手が反論できないのをいいことにすべての責任を転嫁《てんか》しようとしているらしい女性に強い嫌悪《けんお》感を覚えた。そんなことが許されるわけがない、と思う。それでは、亡くなった男性が浮かばれない。警察はきちんと捜査をして、真実を突き止めるべきだ。一人の証言だけで決めつけるんじゃなくて、もっと他の——

——他のって、何だ？

修哉はべたついた唾を喉へ押し込む。

修哉は菓子パンの袋を卓袱台の奥に押しのけ、畳の上に転がった煙草とライターを引き寄せた。微かに震える手で煙草をつまみ、口元へ運ぶ。端が唇に当たって床に落ちた。修哉は舌打ちをして拾い上げ、ほとんど噛み潰《つぶ》すようにして口にくわえる。ライターで火をつけると、煙を深く肺に吸い込んだ。

『警察に何か訊かれたら協力した方がいいですよ』

もう一度、大谷の言葉が蘇る。どう考えても、大谷の言っていることは百パーセント正しい。真実を目撃した以上、そしてそれが歪められていることを知ってしまった以上、黙って知らないふりをしていることなど許されないはずだ。言わなければならない。今すぐ警察に連絡をして、事故の瞬間を目撃したのだと証言しなければならない。

修哉は自分に言い聞かせるように思いながら、けれど自分が本当にそんなことをする気がないこともわかっている。

――言えるはずなんてない。

そんなことをすれば、名前を訊かれることになるだろう。大谷と一緒に状況を話さなければならなくなるかもしれない。そうすれば――自分が運送業者のふりをしていたことも明るみに出てしまうことになる。

修哉は根元まで吸った煙草を灰皿に押しつけ、その手で新しい煙草に火をつける。まだほとんど伸びていない灰を神経質に落とし、新聞を眺め下ろした。なぜ、こんなものをわざわざコンビニで買ってまで読んでしまったんだろう。事故のその後のことなんて、知らなければよかったのに。

――いや。

修哉は忙《せわ》しなく新聞を閉じる。雑に折ったためにかさばったそれを捻《ひね》るように丸めてゴミ箱に突っ込んだ。

――俺は、ワゴン車の運転手が死んでしまったことも知らなかったし、事故の捜査がどうなっているのかも知らなかった。

ライターを手にした拳を強く握りしめて口の中でつぶやく。

だから、自分の証言が必要なのかどうかもわからなかった。

意識の底まで染《し》み込ませるように繰り返し考え、目をかたくつむった。脳裏に浮かぶ事故の瞬間の光景が、ふいに非現実的なものに思われてくる。

――そうだ。

修哉はまぶたを上げた。ワゴン車の側の信号が青だと思ったのは、自分の勘違いだったかもしれない。ほんの一瞬の出来事だ。状況を正確に目撃できたと考える方がおかしいんじゃないか。

喉元をきつくつまむ。警察がワゴン車の方が赤信号を無視したと考えたのなら、きっとそれが真実なのだろう。むしろここで自分が曖昧《あいまい》な証言をしたりしたら余計な迷惑がかかるだけだ。

修哉はゴミ箱から新聞を抜き取って広げ直し、生き残ったという女性の名前をじっと見つめた。

――それに、この人は、これからも生きていかなければならないのだ。

ただでさえ、この人はこれからの人生、人を死に至らしめてしまったという事実を背負いながら生きていかなければならなくなる。それだけで後ろ指をさされることもあるだろうし、本人も苦しむことになるだろう。だったらそれは――既に罰を受けていることになりはしないか。

修哉は唇を湿らせる。

たしかに死んでしまった男性は不憫《ふびん》だ。何も悪いことをしていないのに突然命を奪われ、その上汚名まで着せられてしまうなんて、たまったものじゃないはずだ。

だが、男性にはもうそれを悔しいと思う意識すらないのだ。

修哉は背筋を伸ばして息を吐いた。

――ここで本当のことを言ったとして、幸せになる人なんていない。証言をしたところで、ただ、自分が正しいことをしたという実感に浸れるだけだ。

そう思った途端、ふっと呼吸が楽になる。

それでも修哉は、すがるように新しい煙草に手を伸ばしていた。


その日は一日、会社を出るまで落ち着かなかった。

いつ、誰から、何を言われるか。大谷からも運送業者からも、まずい連絡が入ってくる展開は具体的には想像できないのに、漠然とした不安はなくならない。何となく営業部にかかってくる電話には即座に出てしまい、それがまた不自然だと思われるのではないかと心配になったりもした。

けれど、その一日が終わり、さらに翌日も何事もなく過ぎると、次第に修哉は二日前の出来事について考えることもなくなっていった。入力ミスをごまかした件については誰にもバレることなく方《かた》をつけられたのだろう。交通事故については、悪いことをしたという思いがないわけではないが、顔も知らない相手である以上罪悪感も長くは続かない。所詮《しょせん》、関係のない他人だったのだ。あとは、週末にでも板を実家に運び込んでしまえば、完全にこの件については考えることもなくなる。

いや、と修哉は思い直す。やはり実家に運び込むのはやめよう。この杉で作られた何かを実家で目にするたびに嫌な気持ちになってしまう。それなら、三十五万円はもったいないとしてもきちんとすべて捨ててしまった方が後腐れはないはずだ。平日の夜は近所迷惑だから、休日の昼間にでものこぎりで細かくして少しずつ捨てていけばいい。

そう考えて納得し――だが、それで話は終わらなかった。

納品した日から三日後、大谷から会社に電話がかかってきたのだ。

『ハッピーライフ・リフォームの大谷といいますが、葛木さんはいらっしゃいますか』

その名前を聞いた瞬間、修哉は腰を浮かせていた。

「どうもお世話になっております。葛木です」

『あ、葛木さんですか。こないだはどうも』

「え?」

頬が引きつる。だが、大谷は穏やかな口調で言った。

『いい杉を入れていただいて。お客様にも喜んでいただけました』

「あ……いえ」

修哉はかすれた声で答え、胸を撫《な》で下ろす。

──何だ、そっちか。

「喜んでいただけたならよかったです──あの、きちんと梱包せずに発送してしまい申し訳ありませんでした」

思わず後半をつけ足してしまってから、藪蛇《やぶへび》だったかと身を縮めた。落ち着け。余計なことは言わなくていい。修哉は手にしていたボールペンでメモ用紙にぐるぐると意味のない線を書きつける。

『ああ、それは別にいいんですけどね。実はちょっと別件で確認したいことがありまして』

「え？」

反射的に漏れた声が上ずった。

──確認？

毛穴からどっと汗が噴き出してくる。

「えっと……何でしょうか」

『こないだ商品を納品してくれた運送業者を知りたいんですよ』

心臓が、どくんと跳ねた。

「……え？」

『いやね、実はあの納品してもらった日、会社の近くの交差点で交通事故があったんですよ。新聞には載ってたんだけど、知ってます？』

「え……いえ」

『まあ、そうですよね。小さい記事だったし』

大谷はあっさりと納得して続ける。

『それで、ちょうど事故の瞬間に交差点のそばの作業場で納品してもらってたんですよ。僕は見てなかったけど、一緒にいた運送業者の人が目撃したって言ってたんで、その人のことを知りたいんです』

修哉は口を開いた。だが、何か答えなければと思うのに声が出ない。

『実は今、警察が事情聴取に来ているんだけどね、どうも事故の状況がよくわからないらしいんですよ』

——警察が事情聴取。

わかっていたはずのことなのに、身体の芯《しん》から震えが走る。——そんな大事《おおごと》なのだ。

『前に納品してもらったときはたしかミツバチ運輸さんだったと思うんですけど、今回もそうですかね？』

瞬間、頭の中で思考が回った。ここで本当のことを答えるべきか否か。いや、どちらにしてもミツバチ運輸が運送を請け負ったのはすぐにわかることだ。

だが、警察がミツバチ運輸に聴取に行ったとしても、あの男は何も知らないと答えるはずだ。

――あの男が納品したと思っているのは、事故が起こるよりも何分も前のことなのだから。

足元で、何かが崩れ落ちていくような気がした。ヘラヘラと笑っていた運送業者の男の顔が脳裏で明滅する。

『あれ？　もしもし？　聞こえてます？』

「あ、はい」

慌てて返事をすると、それにかぶせるようにして再び大谷が言った。

『今回使った運送業者はどこですか？』

電流に似た痺れがうなじを走る。どうしよう。どうしたらいい？――だが、答えないわけにはいかない。

「……ミツバチ運輸です」

『ああ、やっぱりそうですよね』

大谷は声を和らげて息を吐いた。

『いきなり変な電話をしてすいませんね。また木材が必要になれば、河北さんのところに発注させていただくんで』

取り繕うように声のトーンを上げる。

「ありがとうございます」

そう答えるだけで精一杯だった。修哉は切れた電話の受話器を、呆然と眺め下ろす。

警察はミツバチ運輸の男に事情を訊くだろう。けれど、男から証言が引き出せることはない。大谷の話と食い違うことを怪訝に思った警察は双方から詳しく状況を聞き出そうとするはずだ。何時何分にハッピーライフ・リフォームに着いたのか。納品するときにはどんな話をしたのか。――納品したものが何だったのか。

視界が一段暗くなる。

――納品数に食い違いがあることがわかったら、警察は会社にも話を訊きにくるかもしれない。

その後は、ほとんど仕事が手につかなかった。外回りに行かなければならないのに、自分が不在の間に警察が来てしまったらと思うと外出する気になれない。席にいるしかないのなら、せめて事務仕事を進めなければと思いながらも、目が数字の上を滑るばかりで一向に頭に入ってこなかった。

昼食に出る踏ん切りもつかず、空っぽの胃がしくしくと痛み始める。修哉は忙しなく喫煙所と自席を往復しながら、肋骨《ろっこつ》の間を親指で強く押さえた。

――どうしてこんなことになってしまったんだろう。いつまで、こんなふうに怯え続けなければならないのか。

そう考えると泣き出したくなる。ミスに気づいた時点で、素直に報告するべきだったのだ。そうすれば、失望はされただろうが、まだ挽回《ばんかい》できる余地はあっただろう。間違いを認めて、頭を下げて回って、それでも再び地道に努力していけば、いつか笑い話にできる道もあったはずだ。――でも、もう遅い。

この分だと、今月の営業成績は再び最下位に、しかもこれまでよりもさらに悪い数字になるはずだ。どちらにしろ失望されることになるのなら、最初に腹をくってしまえば、せめて傷は浅くて済んだのに。

「葛木さん」

斜向《はすむ》かいの席の女性社員から声をかけられたのは、終業時間を五分ほど過ぎた頃だった。修哉は思わず立ち上がってしまう。女性社員が驚いたように目を丸くするのを見て頬が熱くなった。

「あの、スミダさんという方がお見えです」

女性社員はおずおずと修哉を見上げてくる。修哉は慌てて小さく咳払いをした。

「スミダ？　どこの？」

「さあ、会社名は言っていませんでしたけど」

「男性？　女性？」

「女性です。ひとまず受付でお待ちいただいています」

スミダ――そんな顧客、いただろうか。

「行ってみます」

修哉は怪訝に思いながら席を離れる。スーツのネクタイを締め直し、受付へと向かった。

カウンターを回り込み、そこにいた女性に足を止める。女性は、黒いシンプルなワンピースに白いカーディガンを羽織っていた。黒い髪を真っ直《ます》ぐに下ろし、茶色いショルダーバッグの紐《ひも》を握りしめて壁を向いている。

――誰だ？

そう思った途端、女性が化粧気のない顔を振り向かせた。修哉はその顔を凝視するが、やはり見覚えがない。

「どうも、お待たせしました。葛木です」

修哉はひとまず営業用の笑顔を貼りつけて会釈をした。すると女性は、ピンと伸ばした背を丸めることなく頭を下げる。

「アポイントもなく押しかけてしまい申し訳ありません。スミダと申します」

まるでアナウンサーのように滑舌の良い声だった。アポイント、という発音が妙に滑らかで、かえって違和感がある。

スミダ？　再び修哉の頭の中に疑問符が浮かんだ。スミダ——墨田？　住田？　隅田？　以前外回りをした会社の内の誰かだろうか。それとも、顧客から紹介を受けた個人？　修哉は迷いながら女性に一歩歩み寄る。

「とんでもございません。何かご依頼でしょうか？」

「いえ、今日はうかがいたいことがあってまいりました」

女性はまばたきもせずに答えた。顔立ちはどちらかと言えば薄い方で、目もそれほど大きいわけではないのに、不思議な目力がある。

「はい、何でしょうか」

修哉は気圧《けお》されながらも、意識的に目尻を下げて小首を傾《かし》げてみせた。

女性は数秒の間を置いてから唇を開く。

「三日前にこちらからハッピーライフ・リフォームという会社に商品を納品されたと思います」

修哉は息を呑んだ。咄嗟に何の反応もできずにいると、女性が修哉を真っ直ぐに見据えて続ける。

「実はその会社の近くで交通事故がありまして、主人を亡くしたんです」


これから外出する用があるので話は外で歩きながらでもいいですか、という修哉の返答に、女性はお忙しいところ申し訳ありません、と返してきた。けれど言葉とは裏腹に、恐縮した様子は見受けられない。全体的に表情が乏しく、感情がほとんど読み取れなかった。

修哉は逃げるようにして一度自席に戻りながら、指の関節を噛む。

——あのときの運転手の、奥さん。

訊きたいことというのは何だろう。さすがに、あの事故のときにあの場にいた偽者の運送業者が自分だということは知らないはずだ。だったら、なぜ自分のところにやってくるのか。修哉は机の上に広がった書類をがむしゃらに通勤鞄《つうきんかばん》に詰め込んでいく。

大谷からの電話を切った後に考えた可能性が頭に浮かんだ。大谷とミツバチ運輸の男の話にはいくつか食い違いが生じる。そこをきちんと洗い出そうと考えれば、受注者である自分のところに話を訊きにくるのは道理だ。だが——それにしても、来るのが早すぎないか？

「お待たせしてすみません」

「いえ」

女性と短く言葉を交わすと、修哉が半歩前を行く形で歩き始めた。どこへ向かうのかも決められないまま、ひたすら左右の足を交互に前に出していく。

「うかがいたいことというのは、葛木さんが担当されたという、御社からハッピーライフ・リフォームへ発送された商品についてです」

女性は前置きをせず、淡々と切り出した。

内臓がぐっと縮こまる。

女性が息を吸い込む音が左耳にだけ届いた。

「ハッピーライフ・リフォームの方から話を聞いて、先ほど運送業者のところにも行ってきたんです」

修哉は手のひらに爪《つめ》を食い込ませる。

「御社からは、どんな商品をいくつ発送されたのでしょうか」

何を、どう答えればいいというのか。

喉がごきゅりとおかしな音を立てた。お客様の情報なので答えられませんと突っぱねる？　とりあえず考えて、ホッと息を吐く。そうだ、それがいい。それならば不自然ではないはずだ。

修哉は下腹部に力を込めて口を開いた。

「申し訳ありませんが、それはお客様の情報に関わることですので、お答えすることができません」

ほとんど機械的にそう告げて、口を閉じる。女性が黙り込み、沈黙が落ちた。修哉は唇の端を引きしめて気まずさに耐える。

「どうぞ、吸ってください」

唐突に言われて手元を見下ろすと、いつの間にか手にしていたライターをカチカチと鳴らしていた。修哉は数秒迷ったものの、会釈をして煙草に火をつける。煙を大きく吸い込んで吐き出すと、ほんの少し気持ちが落ち着いた。

――そうだ、これでいい。

修哉は小刻みに人差し指を動かして灰を地面に落とす。もし食い下がられても、これで突っぱね続けていれば、やがてあきらめて帰ってくれるだろう。相手は不快に思うだろうが、少なくともボロは出ない。

だが、予想外に女性は食い下がることなく「教えてはもらえないんですね」とつぶやいた。修哉は思わず足取りを緩める。もうあきらめてくれたのだろうか。女性が横に並び、修哉を追い抜いた。え、と思った途端に女性が振り向く。修哉はつんのめるようにして足を止めた。

「実は、今回の事故は主人が赤信号を無視して起きたものだと相手の車の方は主張しています」

女性はショルダーバッグから皺が寄った新聞を取り出し、修哉の顔の前に突きつける。

目の前の新聞は、修哉が数日前に買って読んだのと同じものだった。

「警察も、現場の状況からは判断がつかないからこのままだとその方の証言を重視すると言っています。でも」

女性はそこで一度言葉を止め、息を吸い込み直した。

「あの人は、赤信号を無視したりするような人じゃないんです」

静かな声音で断言し、まるで挑むかのように修哉を真っ直ぐに見上げる。

「夫がきちんとした人だったとか、正しい人だったとか、そうした私の主観で言っているわけではありません。夫は、本当に赤信号を無視したりするような人ではありませんでした。いえ、正確に言えば赤信号を無視したりはできなかったんです」

修哉は動けなかった。どう反応すればいいのかわからない。

「家を出るときには左足から出る。一緒にいる人がくしゃみをしたら手で自分の顔を撫でる。奇数の車両には乗らない。黒猫を見かけたら一度家に帰らなければならない。

――どれも、夫が忠実に守っていたジンクスです。夫は毎日、本当にたくさんのジンクスを守って生きていて、その中に信号が赤になったら止まらなければならないというのもありました。夫にとって、赤信号で止まるというのは、ただの交通ルールではなくて絶対に破ることができないジンクスだったんです」

「……ジンクス」

修哉がつぶやくと、女性は短く顎を引く。

「あの人に限って赤信号を無視したなんてことはあり得ないんです。もし相手の方がそう主張しているんだとしたら、その方は勘違いをしているか、あるいは嘘《うそ》をついています」

女性の口調には迷いがなかった。

「ですが、警察は信じてくれません。それでは証拠にはならないと言うんです」

「それは……そうでしょうね」

修哉の相槌《あいづち》に、女性の目つきが鋭くなった。だが、それ以上は言葉を重ねない。新聞をショルダーバッグにしまい直し、薄く口を開いた。

「運送業者は十一時三十五分頃に、杉の板を十一枚届けたと言っています。そのとき、会社の前で受け取ったのは若い男性で、その人に言われて軽トラックに積み直したそうです。ですが、ハッピーライフ・リフォームの方は、運送業者の人が来たのは十一時五十分頃で、受け取った板も一枚だけ、軽トラックに積んだのではなく資材置き場に運んでもらったと言っています」

何のメモも見ず、ひと息に言いきる。

「そして、ハッピーライフ・リフォームの方は、運送業者が事故の瞬間を目撃したはずだと言っているのに、運送業者は何も見ていないと証言している。つまり、到着した時間も、納品した枚数も、そのとき起こった出来事も、すべて違うんです。――おかしいとは思いませんか？」

「……何で」

修哉は思わず問い返していた。だが、自分でも何を訊きたいのかわからない。女性は、顔の横で指を二本立てた。

「考えられる可能性は二つです。どちらかが嘘をついている、あるいは、間にまったく別の第三者がいる」

瞬間、指先にちり、という痛みを感じて手を払う。いつの間にか根元まで燃えていた煙草が宙を舞い、地面に落ちた。女性が当然のようにしゃがみ込んで吸い殻を拾い上げる。

「あ」

修哉は慌てて手を伸ばしたが、女性は吸い殻をつまんだまま続けた。

「ただ、不思議なのはハッピーライフ・リフォームの方は一枚しか発注していないと言っていることなんです。一枚発注して一枚納品されたのだから、問題ないと——じゃあ、どうして運送業者は十一枚納品したと言っているんでしょうか」

修哉から視線を外すことなく微かに首を傾ける。

「そもそも発送したのは何枚だったんですか」

一枚だと答えるわけにはいかない。それだけがわかった。伝票上も実際に発送した数も十一枚になっている。

「……十一枚です」

答えてしまってから、修哉はハッと息を呑む。

──違う。答えられないと突っぱねなければならなかったのに。

奥歯を噛みしめるが、もう遅い。

「では、どうしてハッピーライフ・リフォームの方は一枚しか発注していないと言っているんですか？」

女性が、一歩前に踏み込んでくる。他人にしては近すぎる距離に、修哉はよろめくようにして二歩後ずさった。

「……わかりません」

「わからない？　でも、あなたが注文を受けたんですよね」

女性は大仰に目を見開く。

「十枚はどこに行ってしまったんでしょうか」

「知りませんよ、そんなこと。誰かが盗んだんだとしても、うちとしては、十一枚受注して、十一枚発送して、十一枚分の料金をもらっているんだから問題ないんです！」

修哉はほとんど叫ぶように言い返していた。

「それ以上のことはわかりませんし、調べる必要もありません」

叩きつけるように言い捨てると、女性を避けるように横にずれる。

「これ以上お答えできることはありません。用があるので失礼します」

有無を言わさぬ口調で切り上げて歩き始めたときだった。

「なら会社の他の方に訊きます」

背後から聞こえた言葉に、修哉は弾かれたように振り返る。考える間もなく、女性の腕をつかんでしまっていた。

女性がつかまれた腕を見下ろし、それから修哉を見上げる。

「何ですか」

「……やめてくれ」

修哉は絞り出すような声音で言った。

「頼むから、会社には……」

「何か、困ることがあるんですか？」

ひゅっと喉が鳴る。

——この女は、すべて気づいているんじゃないか。

自分が、あの場にいた目撃者であること。運送業者と大谷を騙《だま》したこと。ミスをごまかそうとしたこと。何か失言をしてしまったのか、それとも最初から気づかれていたのか――

修哉は女性から腕を離し、頭を下げる。

「悪かった。失礼な応対の仕方をしたことは謝るから」

「謝罪なんていりません」

女性はきっぱりと言った。

「私は、目撃者に証言さえしてもらえればそれでいいんです」

「それはできない」

そう答えた瞬間、女性がじっと見据えてくる。

「……あなたが目撃者だったんですね」

――しまった。

修哉は視線を彷徨わせた。

今度は、女性が修哉の腕をつかむ。

「お願いします。証言してください。あの人は何も悪いことをしていないんです。なのに、このままだとすべてあの人のせいにされてしまう」

「でも……」

「子どもがいるんです」

　初めて、女性の声が湿り気を帯びた。

「あの子は、父親が死んでしまっただけでも充分に傷ついています。その上、父親が加害者だなんてことになったら……」

　脳裏に、ワゴン車が傾いていく映像が蘇る。キラキラと宙を舞うガラスとプラスチックの破片、青から黄色へと変わっていく信号――自分が、たしかに目にしたもの。

　修哉は、慌てて腕を振り払う。その拍子に鞄が地面に投げ出された。急いで拾い上げるが鞄の口まで出かかっていた財布が滑り落ちる。二つ折りの財布からは大量のレシートと運転免許証、数枚のポイントカードが散らばって、耳の裏が熱くなった。膝をついてかき集める修哉の隣で、女性が運転免許証を拾い上げてじっと見つめる。修哉は咄嗟に引ったくるようにして奪い返した。あまりに荒々しい所作に我ながら気まずさを覚えて立ち上がる。

「申し訳ないけど、」

「証言してくれないのなら、あなたの会社に行きます」

　カッと頭に血が上った。

「やめろ！」

目の前が赤く染まり、何も考えられなくなる。手が細かく震えた。

「そんなことをしたら絶対に証言しない」

女性が動きを止める。

「……むしろ旦那《だんな》に不利な証言をしてやる」

女性の双眸《そうぼう》が一気に曇った。修哉はそこから顔を背け、地面をにらみつける。呼吸が荒くなり、肩が上下する。

「……あなたは、自分のためにしか証言できないんですね」

正面から低いつぶやき声が聞こえた。ず、と靴が地面をこする音が続いて、修哉はハッと顔を上げる。

踵を返した女性の表情は、修哉からは見えなかった。


帰宅して一服を終えると、修哉は重い腰を持ち上げてゴミ箱へ向かった。中から新聞を取り出し、社会面を開く。

〈隅田曜平〉

新聞記事の中に小さく書かれた名前の上で、視線が止まった。

スミダ——隅田。一度新聞記事を読んでいながら、自分が隅田という苗字《みょうじ》さえ認識していなかったということに気づかされる。

——あの人は、赤信号を無視したりするような人じゃないんです。

女性の声が脳裏で響いた。

修哉はポケットから携帯を取り出してインターネットに接続する。〈隅田曜平〉と打ち込んで検索すると、一番上にSNSのページが表示された。黒い短髪に銀縁の眼鏡をかけたどこか神経質そうな男性——初めて目にする女性の夫の顔に、息を呑む。

夫はそれほどマメな性格ではなかったのか、あまり積極的にSNSを使う人間でもなかったのか、ほとんど投稿がなかった。時折、科学論文のサイトをシェアしているくらいで、アップされている写真はプロフィール画像に使われている一枚しかない。

だが、投稿を遡《さかのぼ》っていくと、五年前の日付に短い文章が現れた。

〈無事に産まれてくれた。これでもう、書かなくていい〉

意味のわからない文章に、眉根が寄る。修哉は目を凝らしてさらに投稿を遡っていく。

　すると、その投稿以後は投稿らしき投稿がないのにもかかわらず、その日付を境に一日もあけずに投稿が続いていた。

〈晴れのち曇り〉〈雨〉〈雨〉〈晴れ〉——ただし、それらはすべて、天気が書かれただけの投稿だった。修哉は天気だけの記述がずらりと並んだ画面をすばやくスクロールさせていく。それらは突然、約八カ月前のある日で止まった。

　そこには、奇妙な言葉が書かれている。

〈子どもができた。毎日欠かさず天気を書くこと〉

　——これは、何だ？

　修哉の脳裏で、女性の声が反響する。

『家を出るときには左足から出る。一緒にいる人がくしゃみをしたら手で自分の顔を撫でる。奇数の車両には乗らない。黒猫を見かけたら一度家に帰らなければならない。——どれも、夫が忠実に守っていたジンクスです。夫は毎日、本当にたくさんのジンクスを守って生きていて、その中に信号が赤になったら止まらなければならないというのもありました。夫にとって、赤信号で止まるというのは、ただの交通ルールではなくて絶対に破ることができないジンクスだったんです』

　修哉は唇を舐めて携帯の画面を見つめた。

〈無事に産まれてくれた。これでもう、書かなくていい〉

――これも、ジンクスだったのだろうか。

妊娠がわかってから実際に産まれてくるまでの八カ月間。彼は一度始めてしまったジンクスをやめることができずに、一日も忘れずに天気を記述するだけの投稿を続けたのだろうか。――子どもが無事に産まれてくることを願って。

携帯を操作する手が止まる。しばらくして、画面から光が消えた。

『あの子は、父親が死んでしまっただけでも充分に傷ついています。その上、父親が加害者だなんてことになったら……』

修哉は慌てて携帯を枕元《まくらもと》に投げる。そのまま飛び込むようにしてベッドに転がった。

――ダメだ。これ以上は知らない方がいい。

まぶたを強くつむり、睡魔が訪れるのをひたすらに待つ。結局、修哉が意識を手放したのは明け方近くなってからだった。

全身がだるく、頭がしきりに疼痛《とうつう》を訴える。出勤することを考えただけで眩暈がしたが、一日に早退して以来、二日の欠勤も含めてほとんどまともに働いていない。週明けまでに片付けなければならない仕事も溜まっているし、何より家にいたところで鬱々《うつうつ》と考え続けてしまうだけのような気もした。

修哉はぬるく粘ついたため息を吐き出し、身体を引きずるようにして職場へと向かう。けれど、一度仕事を始めてしまえばそれなりに気も紛れた。少なくとも作業している間は余計なことを考えずに済む。

滞っていた仕事をひたすらこなしているだけで一日が終わり、修哉は久しぶりに感じる単純な疲労に身を委ねるようにして眠りについた。

翌朝、修哉の目を覚ましたのは、携帯のアラームではなく玄関のチャイムだった。

修哉は鈍い頭痛に顔をしかめながら首を持ち上げ、思い返して布団《ふとん》を頭からかぶり直す。布団の中で携帯を開くと、まだ朝の六時よりも前だった。

——誰だよ、こんなに朝早く。

修哉は顔をしかめ、身体を丸める。

だが、もう一度チャイムが鳴った。今度は続けざまに三度鳴る。舌打ちが漏れた。

仕方なくベッドから降り、玄関へ向かう。

「はい」

あからさまに不機嫌な声を投げかけながら、ドアスコープに目を押し当てた。そこにいた、見知らぬ二人組の男に息を呑む。

「どうも葛木さん、朝早くにすみません」

男の内の一人が言いながら身体の前に身分証を掲げた。どこかで見たことがあるようなエンブレムと、そこに記された「POLICE」という文字に、強い眩暈を覚える。

「葛木さん、ちょっと開けていただけますか？」

「あ……はい」

答える声が喉に絡んだ。まさか、本当に事故当日の納品内容について訊きにきたのだろうか。

震える指でサムターンを回し、恐る恐るドアを押し開ける。

「どうも葛木さん、朝早くにすみません」

中年の方の刑事が、同じ言葉を繰り返した。いえ、と答えたつもりが声にならない。あの女性と同じ質問を投げかけられたら、どう答えればいいのだろう。警察相手では、答えられないじゃ済まされない。

だが、次の瞬間、刑事は言った。

「五日前、幸町のマンションで不審火があったんですが、ご存知ですか」

は、という声が裏返る。

「不審火？」

「そうです。この辺りのみなさんに順番に訊いているんですけどね、八月二日のお昼頃にあった火事です。知っていますか？」

「……知りませんけど」

修哉は拍子抜けしてつぶやいた。身構えていた分、脱力も大きい。

――何だ、まったくの別件か。

刑事は、すっと目を細めた。

「あれ、ご存知ないんですか？　この辺りでもそれなりに騒ぎになったはずですけど」

え、と思わず訊き返してから、修哉は記憶を探る。八月二日のお昼頃、幸町のマンション、不審火――たった今、刑事が口にしたばかりの言葉を反芻《はんすう》し、首の後ろを擦る。結構騒ぎになった？　本当に？

修哉は急速に渇いていく喉に生唾を流し込んだ。刑事というのは、いつもこんなふうに圧迫感を与える話し方をするものなのだろうか。事情聴取のようなものを受けるのは初めてで判断がつかないが、こんな話し方をされれば誰だって普段通りの態度なんて取れなくなるんじゃないか。

答えられずにいる修哉の前で、刑事がゆっくりと口を開いた。

「火事現場から見てこっちは風下ですからね。ご近所の方の話ではかなり煙の匂いもしたみたいですよ」

「そうなんですか」

相槌がほんの少しかすれてしまい、そのことに修哉は動揺する。自分でも、どうしてこんなに動揺してしまっているのかわからなかった。この件については疚《やま》しいことなど、一つもない。隣町で火事があったところで自分には関係がないし、本当にそんな事件があったこと自体知らなかったから知らないと口にしただけだ。なのに、平静でいられないのは——交通事故があったのと同じ日の話だからだろうか。

そう考えた途端、中年刑事が修哉を真っ直ぐに見据えて言った。

「葛木さん、ちなみに八月二日のお昼頃はどちらに？」

修哉は口を開きかけ、閉じる。本当のことを答える必要はないはずだ。だったらどう答えるべきか。平日の昼間の話なのだから、最も自然なのは仕事に行っていたという答えのはずだ。だが、もし会社に問い合わせられたら——いや、ただ隣町に住んでいるだけの自分の証言の裏をそこまでして取るわけがない。

「さあ、普通に仕事に行っていたと思いますけど」

「職場はどちらなんですか？」

「八城市です」

「ああ、結構遠いんですね」

刑事は世間話ともつかないような声音で相槌を打ちながら手元の手帳に何かを書きつけた。ボールペンの先を顎に当て、芝居がかった仕草で小首を傾げる。だけどおかしいな、とつぶやき、目線だけを持ち上げた。

「この近所で、葛木さんを見かけたという方がいらっしゃるんですけど」

修哉は大きく目を見開く。

――誰かに、見られていたのか。

慌てて顔を伏せ、「あ、いや」と口の中でつぶやいた。

「すみません、勘違いしていました。……八月二日は仕事を休んで家にいたんです」

「なのに、騒ぎには気づかなかったんですか？」

刑事が間髪をいれずに切り返してくる。

「……どうして」

尋ねるというより、自動的につぶやきが唇から漏れた。二人組の刑事は答えず、探るような目線を向けてくる。修哉の身体の芯に微かな震えが走った。どうして、ここで食い下がられるんだろう。疑われている？――そう考えた次の瞬間、一気に血の気が引く。

「寝込んでたんです」

修哉はもつれそうになる舌を懸命に動かして答えた。

「風邪をひいていて、熱も三十九度くらいあって頭がボーッとしてたし、それにエアコンもつけてたから窓も開けてなくて」

答える必要がないことまで話してしまい、目の前の刑事と視線を合わせられなくなる。嘘をつく人間は饒舌《じょうぜつ》になる――いつだったか、テレビか何かで見たそんなフレーズがふいに脳裏に浮かび、焦《あせ》りが募った。

もっと普通に答えなければ。自分は無関係なのだと早くわかってもらえるように。

「外にも一歩も出てないし、」

言いかけて、誰かに見られていたのならそれもおかしいかもしれないと気づく。

「……でも、食べるものがなかったんで、コンビニくらいは行ったかもしれないですけど」

「一人暮らしですか」

修哉が言い終わるのを待たずに言葉を挟んできたのは若い刑事の方だった。見たところ二十代後半といったところで、修哉とあまり変わらない。

「そうですけど」

「風邪のときに一人暮らしはつらいですよね」

若い刑事は突然親しげな口調になった。修哉の肩越しにちらりと部屋の中へと視線を投げる。修哉は反射的にドアノブをつかんだ手に力を込めたが、刑事の足がドアとの隙間《すきま》に差し込まれていて動かなかった。修哉は上体をねじり、室内に積み重なった木材を隠す。刑事はあっさりと修哉の顔に視線を戻した。

「もう体調はいいんですか？」

「はい……まあ」

——五日間で完治するなんて不自然だと思われているんだろうか。

「それはよかった——消防車のサイレンも聞こえませんでした？」

若い刑事は唐突に話題を変えた。修哉は視線を彷徨わせる。どう答えるべきか。隣町に消防車が来たとして、まったく聞こえなかったのは不自然なんだろうか。もはや事実とは関係なく、どう答えれば納得してもらえるのかということしか考えられない。

「……寝込んでたんです」

かろうじて、それだけを答えた。けれど、その声は自分の耳にも怪しく響く。

刑事が、ふいに鼻を蠢かした。

「葛木さん、煙草を吸うんですね。銘柄は何ですか？」

「そんなこと、何の関係が……」

「現場の近くに、これを落としませんでしたか」

言いかけた言葉を刑事が遮る。

修哉は刑事の手元に視線を動かし、ハッと息を呑んだ。それは、まさしく修哉の愛用しているものと同じ銘柄の吸い殻だった。もちろん、ただの偶然のはずだ。だが、刑事たちは修哉の反応から何かを汲《く》み取ろうとするように目つきを鋭くする。

修哉は慌てて顔の前で手を振った。

「違います。それは僕のじゃないです。大体、僕は幸町になんて行ってないですし」

「行っていない？　おかしいな。あなたが現場から十メートルほど離れた駐車場で、煙草を吸いながらしばらくマンションを見上げていたっていう証言があるんですけどね」

修哉は耳を疑う。

何を言っているのだろう。そんなはずはない。自分は本当に幸町になど行っていないし、その時間にはハッピーライフ・リフォームにいたのだから。

「それで証言があった場所を調べ直してみたら、これが落ちていたわけなんですが」

「僕じゃありません！」

「それを証明できる人はいますか」

修哉は口を開いた。けれど声が喉に詰まる。だが、とんでもなく恐ろしい事態になっているということだけはわかる。

何が起きているのかわからなかった。だが、とんでもなく恐ろしい事態になっていることだけはわかる。

冷たい汗が背中を伝い落ちた。

――ハッピーライフ・リフォームにいたと答えれば。

そうすれば、容疑は晴れる。

だが――同時に、これまで必死に隠してきたことがバレてしまう。

「申し訳ありませんが、署まで一度ご同行願えますか」

「そんな、」

修哉は弾かれたように顔を上げた。

――そんな、馬鹿《ばか》な。

自分は何も悪いことはしていない。それなのに、まさか、目撃者がいたというだけで犯人にされてしまうのだろうか。

そう考えたところで、修哉は短く息を呑む。

『あの人は何も悪いことをしていないんです。なのに、このままだとすべてあの人のせいにされてしまう』

ふいに、女性の声が脳裏に蘇った。さらに、彼女が手にしていたのと同じ新聞に書かれていた記事が浮かび上がってくる。

〈マンション火災で2人死傷　幸町〉

背筋を電流のような強い悪寒が走り抜けた。

あの新聞の交通事故について書かれていた記事と同じ面に載っていた記事。そして、現場にいたはずがない自分のことを目撃したと——嘘の証言をしている人間がいるということ。

普通に考えれば、そんな証言をしたところで得をする人間なんているはずがない。そもそも自分が本当にいた場所を答えてしまえば、すぐに容疑は晴れるのだから。

修哉は、強い眩暈に座り込みそうになるのをドアノブをつかんで耐えた。

——だが、得をする人間が一人だけいるのだ。

たとえすぐに容疑が晴れたとしても構わない——いや、むしろそれこそを求めている人間が。

「詳しいお話は、署でおうかがいさせていただきますので」

「違うんです！」

修哉は叫ぶように言った。

『あなたは、自分のためにしか証言できないんですね』

唇がわななく。こめかみが軋む。彼女の言葉の意味が、頭の中で反響する。

修哉は、その場にうなだれ、呆然と唇を開いた。

ありがとう、ばあば

背後で、戸車が滑る音が響いた。

反射的に上体をねじって振り返ると、地面についたままの浴衣《ゆかた》の膝《ひざ》が、ごり、という鈍い音を立てる。顔をしかめて掃き出し窓に手をつき、左側に向けて体重をかけながら立ち上がろうとしたところで、窓が動かないことに気づいた。視線がクレセント錠へと引き寄せられる。

見開いた両目の間に、厚みのある綿雪が舞い降りた。冷たいと思ったのは一瞬で、すぐに溶けて水になった滴《しずく》が鼻筋へと流れる。

「え？」

かすれた声が漏れた。そこに滲《にじ》んでしまった動揺に頬が熱くなる。

「杏《あん》ちゃん、ふざけてないで開けなさい」

できるだけいつも通りの声を出そうとしたのに、その声は自分の耳にも上ずって聞こえた。咳払《せきばら》いをし、膝を両手で支えて立ち上がる。裸足《はだし》の裏に湿った雪が触れ、喉《のど》から声にならない悲鳴が漏れた。濡《ぬ》れた髪が急速に冷え、悪寒《おかん》が一気に背筋を這《は》い上がる。薄手の布一枚が張りついた二の腕の肌が粟立《あわだ》った。

「こんな格好で外にいたら、ばあば、凍え死んじゃうじゃないの」

何気なく口にしてから、自分の言葉の思わぬ響きにぎくりとする。

知らず、ガラスを叩《たた》く拳《こぶし》に力がこもった。

「ちょっと杏ちゃん！　怒るわよ！」

だが、ガラス一枚を隔てて立った杏は、無表情のまま微動だにしない。何をやっているんだろう。聞こえないんだろうか。咄嗟《とっさ》に考えながら、そういう問題ではないこともわかってしまう。だって、杏の目は、今もわたしを見ている。

「……杏ちゃん？」

声がみっともなく震えた。毅然《きぜん》としていなければと思うのに、身体《からだ》に上手《うま》く力が入らない。ガチガチと奥歯が鳴り、背中が縮こまる。お願い、と口にしそうになるのを寸前で堪《こら》えた。

息を吐いて下腹部に力を込め、真《ま》っ直《す》ぐに杏をにらみ下ろす。

「杏ちゃん」

杏の肩が微《かす》かに揺れた。

「やっていいことと悪いことがあるでしょう。杏ちゃん、自分の頭で考えてみなさい。

これはいいこと？　悪いこと？」

普段叱《しか》るときの口調で言うと、杏がうつむく。わたしは大きくため息をつき、口元を緩めてみせた。

「ちょっといたずらしてみたかったのよね？　大丈夫、ばあば、杏ちゃんが反省したのなら怒らないから」

「――いこと」

「え？」

訊《き》き返すのと、杏が顔を上げるのが同時だった。その顔に悄然《しょうぜん》とした色がないことに気づいた途端、聞き取れなかったはずの言葉が形を帯びる。

――いいこと。

今、杏はそう言わなかったか。

わたしは考えかけ、慌《あわ》てて打ち消した。そんなわけがない。

「何？　杏ちゃん、今何て言ったの？」

「いいこと」

今度こそ、杏の口の動きが見えた。目と耳の両方で聞き取ったはずの言葉に、自分が投げかけた問いが何だったかわからなくなる。

白くなった拳を開き、手のひらをガラスに押しつけた。つい数分前、内側から触れたときには思わず手を引っ込めてしまうほど冷たく感じたはずなのに、今は硬い感触しか返ってこない。

筋張った手の指の間から、宙を見つめている杏の顔を覗《のぞ》き込んだ。

「ねえ、杏ちゃん。冗談」

でしょう、と続けかけた言葉が喉につかえる。杏は、少しも笑っていなかった。

――まさか。

そこまで思っただけで、全身から熱が引いていく。

――まさか杏は、わたしを憎んでいたんだろうか。

真っ先に浮かんだ疑念に、自分が本当はもっとずっと前からそのことを認識していたのだと思い知らされる。

『それが杏の本心かどうかなんてわからないじゃない。お母さんがそんなふうだから、杏だってばあばに気を遣っているだけかもしれないでしょ』

苦々しげな娘の声が耳の奥で反響し、視界が暗くなった。あれは、いつ耳にした言葉だったか。わたしは、それにどう答えたのか。あのとき、杏は、隣でどんな表情をしていたのだろう。

まとまらない思考の隙間《すきま》から杏の淀《よど》んだ表情が浮かび上がってきて、慌てて頭を振る。

——違う。そんなはずはない。

だって、杏はいつだってわたしに感謝していた。ありがとう、ばあば——あれも、すべて演技だったというのだろうか。

みぞおちが見えない力で内側に押し込まれたように痛んだ。声にならない息が喉から漏れる。

「杏ちゃん、ばあばは……」

その先を続けることができなかった。強い眩暈《めまい》に立っていられなくなる。その場にしゃがみ込み、窓枠の黒ずんだ隅をすがるようににらみつけた。

息を長く吐き出し、太腿《ふともも》の上で拳を握る。

——とにかく、今はこの窓を開けさせなければならない。

杏とはいろいろと話し合う必要はあるけれど、それは部屋の中に戻った後だ。

「ねえ、杏ちゃん」

意識的に声を和らげ、微笑《ほほえ》みを浮かべた。本当ならば杏の手を両手で取って語りかけたいけれど、届かないのだから仕方ない。膝立ちになって杏と視線を合わせ、唇を開く。

「ばあば、何か誤解していたことがあったかもしれない。杏ちゃんがばあばに言いたいことがあるなら、ちゃんと聞くから」

ね、と続けたところで杏が小さく首を振った。そのまま、窓から顔を背ける。わたしは息を呑《の》んだ。何も面白いことなどありはしないのに、唇が勝手に笑いの形に引きつっていく。

冗談なんかじゃない。それだけがわかった。こんな雪の日にこんな格好で外に締め出されたら死んでしまう。そんなことくらい、九歳の杏にだってわかるはずだ。

立ち上がって浴衣の袖《そで》を押さえ、唇を嚙《か》みしめる。携帯は部屋の中だ。そして部屋には、杏しかいない。

窓から離れ、バルコニーの手すりに駆け寄った。身を乗り出して周囲を見渡す。五メートルほどの間隔で並んでいるバルコニーのどこにも、人の姿はない。当然だ。この雪の中、好き好んでバルコニーに出る人間などいるはずがない。

彷徨《さまよ》わせた視線がそのまま真っ暗な海面へと吸い寄せられる。岩肌を打つ波の音だけが耳に届いた。強張《こわば》った指の間から名刺が滑る。水分を含んで重さを増したはずの小さな紙は、それでも風に煽《あお》られながらひらひらと舞い落ちていく。その行く末を目で追ってしまい、地面の遠さに足がすくんだ。

お客様、三階から七階まで、お好きなフロアのお部屋がご用意できますが、ご希望はありますか？　ばあば、わたし、たかいほうがいい。そう？　じゃあ七階でお願いします。チェックインする際のやり取りが蘇《よみがえ》る。まさか、あのとき杏には、既にこうなることがわかっていたんだろうか。いや、そんなはずはない。バルコニーに出たのは、名刺が風に飛ばされてしまったからだ。では、なぜ杏が拾いに行ってくれなかったのか――思いかけて、慌てて思考を振り払う。

――やっぱり、杏に開けさせるしかない。

生唾《なまつば》を飲み下し、窓の前へと戻った。杏の前にしゃがみ込み、「ねえ、杏ちゃん」と諭す声音で語りかける。

「杏ちゃんが早く開けてくれないと、ばあば本当に死んじゃうよ」

投げかけた声が、杏の眼前で凍りついた。その感情を悟らせない無表情に、ぞっと血の気が引く。杏は今、何を考えているんだろう。どうして何も言わないの？

杏の気持ちがわからないことなんて初めてだった。いつだって、理解してきたはずだった。杏がしたいこと、したくないこと、杏の好きなもの、嫌いなもの。誰よりも杏の近くで、杏のことを見て——

「ばあば」

頭上から聞こえた声に、ハッと顔を上げた。わたしを見下ろす杏と、見つめ合う形になる。

杏が、ゆっくりと唇の端を吊《つ》り上げた。その妖《あや》しい輝きを孕《はら》んだ笑みに、瞬間、状況を忘れて魅せられる。

——杏は、こんなにも美しい子どもだっただろうか。

痺《しび》れた頭のどこかが考えたとき、杏がそっと口を開いた。

＊

あけましておめでとうございます。

丸みを帯びた金色の文字と、しっぽがくるりと巻いたファンシーな猿のコミカルなイラストが、写真の余白を所狭しと埋めている。

まず真っ先に、写真の中で大きな身体を豪快に広げて笑う娘婿《むすめむこ》の姿が目に飛び込んできた。それから、細身の黒いワンピースに身を包んだ娘と、対照的な両親の間で丸い背中を不自然に屈《かが》めている杏へと視線が動く。伸びた前髪の隙間からカメラをにらみつけるように見上げている杏と目が合った途端、カッと頭に血が上った。

「ちょっと、何よこれ」

わたしは声を尖《とが》らせながら年賀状の束を娘に突きつける。娘は両手を降参するように挙げてから、芝居がかった身振りでのけぞった。

「何って、年賀状よ」

わたしは娘の返答を遮る形で、ダイニングテーブルに年賀状を叩きつける。

「そんなことは見ればわかるに決まってるじゃない。わたしは、どうしてこんなものが勝手に作られているのかって訊いてるの」

「あれ、言ってなかった？　取引先の印刷会社で格安でやってくれるって言うから頼んだの。いいでしょう？　それ」

悪びれもせずに目を丸めて見せる娘に、軽く眩暈がした。こっちが怒っていることは充分察せられるだろうに、どうしてこんなふざけた物言いができるのか。あるいは察することもできない？　もしそうだとすればなおさら始末が悪い。

「いいわけないでしょう。どうしてあなたはそう勝手なことをするの。年賀状の写真はわたしが選ぶって言ったじゃない」

「そうだっけ？」

娘がいかにも驚いたように目をしばたたかせたことで、今度こそわたしは確信した。この子は、敢《あ》えてわたしに黙ってやったのだ。

わたしは、はあ、とわざと大きな音を立ててため息をついた。

「信じられない。こんな写真を使うなんて、あなた、娘がかわいくないわけ？」

「何言ってるの。かわいいに決まってるじゃない」

娘が眉根《まゆね》を寄せて上体を乗り出す。テーブルから年賀状を一枚手に取り、裏返して目尻《めじり》を下げた。

「うん、やっぱりいい写真じゃないの」

「どこが？」

わたしは怒りを通り越して気味が悪くなってきて、一歩後ずさる。テーブルを見下ろすと、何十枚もの家族写真の年賀状が散らばっていた。キングサイズのソファベッドに並んで座った娘婿と杏は、いかにも親子らしくそっくりだ。くっきりした二重まぶたに大きな瞳《ひとみ》、通った鼻筋と口角の上がった形の良い唇、けれどそれらがすべて真ん丸に膨らんだ顔に押し込められている。

わたしは年賀状から顔を背け、リビングの床でストレッチをしている杏を振り向いた。写真の頃よりも十キロ以上痩《や》せ、子役デビューまで果たした美しい孫を。

「杏ちゃんだって、こんなの嫌よね？」

　杏は床に落ちた年賀状を横目で見やり、頰を強張らせてうなずく。

「うん」

「杏」

　娘が焦《あせ》ったように杏の前に駆け寄った。百八十度開脚した杏の肩を両手でつかみ、猫なで声を出す。

「正直に自分の気持ちを言ってごらん」

「わたし、こんなのいやだ」

　娘が固まった。わたしは小さく鼻を鳴らす。

「ほらね？　あなたはこの子のプロ意識がわかってないのよ」

「プロ意識って……杏はまだ九歳じゃないの」

「年齢なんて関係ないでしょう。杏ちゃんが嫌だって言ってるんだから嫌なのよ」

　娘は一瞬詰まったものの、往生際《おうじょうぎわ》悪く「お母さんが言わせたんじゃない」と声を絞り出した。

「大体、お母さんがそんなふうに言うから、杏は自分を無条件に肯定できないんじゃないの。――杏、ママは杏がどんな顔をしていても、どんな体形でも大好きだからね」

後半は杏に向けて必死に言い募る。杏はうなずかず、うつむいたままだった。そんな杏が不憫《ふびん》になって、わたしは思わず「やめなさい」と声を荒らげる。

「くだらないこと言わないで。わたしと杏ちゃんがどれだけ苦労したと思ってるの」

実際、物心つく前から両親の仕事の都合でアメリカで育ち、あちらの食生活に染まりきっていた杏を痩せさせるのは本当に大変だった。帰国してからもジャンクフードや甘いものを食べたがって泣く杏を叱り続け、毎日体重計に乗せては励ましてきたのはわたしだ。

次第に杏は本来の美貌《びぼう》を取り戻し、それを自覚すると共に食べ物にではなく鏡に手を伸ばすようになった。いつもおどおどと背中を丸め、上目遣いで周りをうかがってばかりいた杏は、ピンと伸ばした背中に羨望《せんぼう》の視線を向けられるようになったのだ。

わたしは娘を押しのけて杏の前に膝をつき、華奢《きゃしゃ》な身体を抱きしめる。

「杏ちゃん、とっても頑張ったものね」

「ばあば、くすぐったいよ」

杏が身をよじって笑った。その声は柔らかく、高く澄んで愛らしい。杏から腕を離して振り向くと、娘は苦虫を嚙み潰《つぶ》したような顔をしていた。

「……こんな小さい子どもを痩せさせる方がおかしいのよ」

もはやこちらを見ようともせず、フローリングに向かってつぶやいている。わたしは、まっすぐに娘を見据えた。

「じゃあ、あなたはアメリカにいた頃の杏ちゃんが健康的だったとでも思うの？」

「それは……」

「好きなものはピザ、チョコレート、フライドチキン。野菜もろくに食べなければ運動もしないで、ただブクブク太ってただけじゃないの」

「お母さん、そんな言い方」

「わたしのやり方が不満なら、あなたが仕事を辞めて食事の支度も全部やればいいでしょう」

わたしが遮る形で言うと、娘は押し黙った。そもそも、帰国してからも仕事を続けたいからサポートして欲しいと言ってきたのは娘だ。娘は月曜日から金曜日まで、ほとんど毎日杏が眠った後に帰ってくる。夕飯の支度もお風呂《ふろ》も翌日の朝ご飯の下ごしらえも杏の世話も、やっているのはすべてわたしなのだ。

「わたしはね、杏ちゃんの可能性を伸ばしたいだけなの」

うつむいてしまった娘の顔を覗き込み、ゆっくりと語りかける。

「子役って、誰だってできることじゃないのよ。事務所にはたくさんの子どもが所属しているけれど、杏ちゃんみたいに名指しで仕事のオファーが来るような子はほんの一握り。この子には才能があるの。あなただって母親なら、それを伸ばしてあげたいと思うでしょう？」

「それはまあ、そうだけど……」

「とにかく」

わたしは声のトーンを上げて話を打ち切った。

「杏ちゃんがかわいく写っている写真で作り直すから」

「は？」

娘が弾《はじ》かれたように顔を上げる。

「何言ってるのよ、もったいないじゃない」

「大丈夫よ、書き損じハガキとして郵便局に持っていけば新しいハガキと交換してもらえるから」

「印刷代だって無駄になるし」

「お金の問題じゃないでしょう」

わたしはぴしゃりと言い放った。

「杏ちゃんはもう、普通の子どもじゃないの。子役のお仕事をもらっているプロなのよ。年賀状なんてプロデューサーとか事務所の人とか、仕事関係の人たちに自然な形で写真を見せるいい機会じゃない。こんな写真を送って杏ちゃんが仕事をもらえなくなったらどうするのよ」

「子どもなんだから仕事なんてする必要はないでしょ」

「あなた、まだそんなこと言ってるの」

　わたしは目を見開いた。呆《あき》れた、という言葉が口から漏れる。

「その話は今まで散々したじゃない。あなたは、杏ちゃんの意志を尊重したいんでしょう？　それで、杏ちゃんにどうしたいか訊いたら、杏ちゃんも仕事がしたいって答えた。だからやってるんじゃないの」

「それは……でも、それが杏の本心かどうかなんてわからないじゃない。お母さんがそんなふうだから、杏だってばあばに気を遣っているだけかもしれないでしょ」

「あ、そう。じゃあ、もう一度杏ちゃんに訊いてみたら？　わたしは席を外してあげるから」

　言いながら身を翻《ひるがえ》し、リビングを出た。薄暗い廊下の空気はひんやりと冷たい。わたしは二の腕をさすってドアに背を預けた。天井を仰ぎ、眉間《みけん》を親指と人差し指の腹で揉《も》む。

——馬鹿馬鹿《ばかばか》しい。

こうしたくだらないやり取りを何度繰り返さなければならないのか。唇が歪《ゆが》んだ。

本当のところ、娘は杏の気持ちを知りたいわけではないのだろう。ただ、自分が望む答えを杏が口にすることを待っているだけだ。だからこそ、娘は何度でも同じ質問を杏にぶつける。

わたしは重たく感じられるまぶたを重力に任せて閉じた。ゆっくりと十秒数えてから、拳を作ってドアをノックする。

「ねえ、もう戻っていい？」

だが、答えは返ってこなかった。わたしは眉をひそめてドアに耳を寄せる。

「どうしたの？　まだ話してるの？」

「もういいよ。ばあば」

返事をしたのは杏の方だった。わたしは短く息を吐き、リビングへと戻る。憮然《ぶぜん》とした娘の顔を見れば、杏の答えがどんなものだったのかは尋ねるまでもなかった。馬鹿馬鹿しい。再び思って、テーブルの上に散らばった年賀状を集め始める。

「わかったでしょう？　もう余計なことはしないでね」

そう告げて年賀状をまとめて裏返した瞬間だった。

「向こうのお義母《かあ》さんにも見せてあるのよ」

唐突に娘が低く言った。

わたしは動きを止め、視線だけを娘へ上げる。

「……どういうこと？」

「年賀状を出すのなんて久しぶりじゃない？　だから一応事前に向こうのお義母さんにチェックしてもらっておいたの」

娘は微かに口元を緩めた。わたしは渇いた喉に唾を押し込む。

「似たような構図で撮り直せば……」

「間に合わないでしょ」

娘は勢いを取り戻したようにきっぱりと言った。

「あの人が帰ってくるのはクリスマスを過ぎてからだし」

あの人——アメリカで単身赴任をしている娘婿の顔が思い浮かぶ。

「それなら別に家族写真にこだわる必要はないわよ。杏ちゃんだけの写真で作り直すなら、」

「向こうのお義母さんには何て説明するの？」

娘は、まるで仕事をしているときのように歯切れよく切り返してきた。

「大体、年賀状は家族で出すものでしょ？　私、親の名前も書いてあるのに子どもの写真だけの年賀状って好きじゃないんだよね」

「みんなやってることじゃないの！　それに、杏ちゃんの写真なら、もらった人だって目の保養になるし」

「誰も年賀状にそんなもの求めてないって」

娘は唇の端で笑った。

「こういうのは形式が大事なの。誰も写真うつりなんか気にしてないよ」

「だけど後々まで残るものなのよ？　これから杏ちゃんがどんどん売れっ子になっていくのに、こんな写真が流出したら大変じゃないの。せっかく杏ちゃんが太っていた頃の写真は日本の誰も持っていないのに」

「流出って、そんな大げさな」

「大げさじゃないのよ！　ね、杏ちゃん？」

杏が、宙を見つめてうなずく。その不安そうな表情に胸が詰まった。オーバーラップするように、杏の引きつった横顔が思い出される。

そのとき杏が見ていたのは、事務所の先輩が出演していたバラエティ番組だった。

ゲストの子ども時代の写真をボードにして誰のものかを当てる他愛もないクイズコーナーで、二枚目個性派俳優として売っている男性の予想以上にかわいい子ども時代の写真にスタジオは沸き、けれど杏は顔色をなくしていた。

『ねえ、ばあば。……これ、わたしのもいつかこんなふうにみんなに見られちゃったりするのかな』

　そんなことを心配していたのか。私は微笑ましい気持ちになり、『大丈夫よ』と杏の頭に手を置いた。

『杏ちゃんが嫌なら写真を番組スタッフに渡さなければいいんだから』

『でも……かってにやってるみたいだし』

　わたしを見上げていた杏が、再びテレビを向く。画面の中では、俳優が大げさに驚いてみせていた。何だよこれ、いつの間にこんなの。その視線の先にいるマネージャーが映し出され、自分は知らないというように肩をすくめる仕草をする。十中八九、小芝居だ。少なくともマネージャーの承諾を取らずに俳優の過去の写真を使うわけがない。

　だが、そう告げてもなお、杏の表情は和らがなかった。そして、杏はその数日後、家にあった自分のアルバムをすべて捨てたのだ。

わたしは奥歯を嚙みしめ、娘をにらみつける。

「あなたには、自分の写真を捨てた杏ちゃんの気持ちがわからないの?」

「自分の方がわかってるみたいな言い方しないで」

娘は吐き捨てるような口調で言った。

「あれだって、結局お母さんがやらせたようなもんじゃない」

「わたしが?」

声が裏返ってしまう。

「何言ってるの。わたしは何もしてないわよ。言ったでしょう? むしろわたしは昔の写真が勝手にどこかに出ちゃうんじゃないかって心配する杏ちゃんをなだめたんだって」

「杏の写真がひどいって言うのの、どこがなだめたことになるわけ?」

「かわいい写真ならともかく、ひどい写真を使おうなんてよほど悪意がない限りやらないって言ったのよ」

「ひどい写真なんて言わないで!」

娘が怒鳴りながらテーブルを叩いた。

「お母さんの価値観を押しつけないでよ。ちょっとくらい太ってるからって何? 子どもらしくてかわいい写真じゃない。パソコンに少しはデータが残ってたからいいようなものの、下手したら今までの杏の写真が全部なくなるところだったんだよ」

「あなたは何度言われたらわかるの」

身体はほとんど動かしていないのに息切れがする。

「子どもらしいなんてきれいごとが通用するような世界じゃないのよ。少しでも隙を見せたら負けなの。今ならきちんと流出しないようにコントロールできるのに、どうしてわざわざこんなひどい写真を送ったりなんか、」

「いい加減にして！」

娘がヒステリックな叫び声を上げた。

「そんなに不満なら、勝手に作り直せばいいでしょ。だけど、私はこの年賀状を使うから」

年賀状の束をつかみ上げ、踵《きびす》を返す。

「ちょっと待ってよ」

慌てて手を伸ばしたが、寸前でかわされた。娘はまるでからかうかのように年賀状の束を頭上高くに上げて宙で振る。

喉の奥から小さな呻《うめ》き声が漏れた。

「わたしの話、聞いてるの？　それじゃ意味がないんだって言ってるじゃない。こんな写真は一枚も外に出したくないの」

「だったらお母さんが向こうのお義母さんを説得したら」

わたしは下唇を噛みしめる。そんなこと、できるはずがない。誰よりも杏の芸能活動に反対しているのがあちらの祖母なのだ。子どもらしくない。目立つとろくなことがない。学校にちゃんと通えないなんてとんでもない。娘と顔を合わせるたびに必ずそう口にしてくるらしい人間に、どうやってこちらの理屈を納得させろというのか。

微かな眩暈に襲われ、指を拳の中に握り込む。手のひらに爪《つめ》を立て、痛みに意識を向けることで苛立《いらだ》ちを堪えた。

「ばあば」

か細い杏の声に、ハッと我に返る。気づくと杏は、半歩後ろに立っていた。なめらかな頬からは赤みが消え、薄い唇はかすかに青ざめてすらいる。

「ごめんね、杏ちゃん。ばあば、どうもしてあげられなくて」

抱き寄せて娘に聞かせる声音で言うと、杏が腕の中で小さく身じろぎした。その柔らかな髪を撫《な》でながら、低くつぶやく。

「かわいそうに」

娘は一瞬だけ足を止め、口を開いた。けれど、結局何も言わずに閉じる。そのまま、年賀状の束を手にリビングから出て行った。

最初に杏が子役になりたいと言い出したのは、今から一年前、娘と杏の本帰国が決まってその準備のために一時帰国してきたときのことだった。

これからは杏ともっと気軽に会えるようになるのだと思うと嬉《うれ》しかったけれど、杏が慣れない日本に戸惑っている様子なのがかわいそうにも思えた。せめて楽しい場所がたくさんあることを伝えたいと、連日遊園地や温水プールへと連れ出した。だが、どこでも杏はこちらの言う通りのアトラクションへ向かうだけで、それほど楽しんでいるようにも見えなかった。

疲れ果て、最後に連れて行ったのが、友人からチケットをもらったミュージカルだった。杏にはまだ早いかもしれないと思いながらも、正直わたし自身にもう動き回る体力がなかったのだ。

だが、話の筋についていけるだろうかという心配は杞憂《きゆう》で、始まる前は映画との違いがわからずにポップコーンを食べられないことに駄々をこねていた杏は、結局代わりに与えた飴《あめ》を舐《な》めることすらなく、終始身を乗り出したまま観続《みつづ》けた。

『ねえ、ばあば。わたしあの子のところにいきたい』

杏が頰を紅潮させて言ったのは、ロビーに出てすぐ、出演者たちによる見送りとグリーティングタイムがあるのに気づいたときだ。

そこにいたのは、杏と同い年の女の子だった。

その後餃子《ぎょうざ》のCMで話題になり、一躍お茶の間で名前を知らない人はほとんどいないほどの人気子役となった美月《みつき》は、当時は無名だったものの演技力には目を瞠《みは》るものがあり、共演していたベテラン俳優を食ってしまう場面すらあった。

杏は、美月の前にできた人だかりから目を離さないまままう一度唇を開いた。

『あくしゅ、したい』

杏が自分から人との交流を望んだのは、わたしが知る限りあのときが初めてだった。

引っ込み思案で、ホームパーティーに連れて行ってもその家の子どもと遊ぶことはなく、ただ黙々と料理を口に運んでばかりいたという杏が――それだけで目頭が熱くなる。

――杏、友達がいないみたいなのよ。

脳裏に浮かんだのは、娘の言葉だった。

――インターナショナルスクールでもいつも一人でいたらしくて……いじめに遭っ

ているってわけじゃなかったんだけど、たまに、ちょっとからかわれたりもしていたみたい。でも杏にも責任はあるのよ。友達に話しかけられても答えなかったりするから。だから一方的に嫌われてたってわけじゃないの。杏に無視されたって泣いていた子もいたらしいし、そういう意味ではお互い様っていうか……。

何がお互い様なのよ、ちゃんと守ってあげなきゃダメじゃないの。ひとまずそう娘を注意したものの、気持ちはわからないでもなかった。杏が一方的に嫌われるような子だとは思いたくなかったからだ。仲間外れにされているのではなく、自分から一人でいるのだと思いたかった。何も、悲観するようなことは起きていないのだと。

『そうね、じゃあ行ってみる？』

杏の背中を押す手が微かに強張った。

だが、いざ美月の前に来ると、杏はうつむいたまま顔を上げようとすらしなかった。

『ほら、どうしたの杏ちゃん』

慌てて肩を叩くが、杏はもじもじと自分の爪をいじってばかりいる。

『早く、順番が終わっちゃうわよ。握手したかったんでしょう？』

焦りがこみ上げた。何も言わない以上、長々とここにいるわけにもいかない。けれど結局何も話せないままになってしまえば、杏は後悔することになるだろう。せっかく自分から働きかける経験を積むチャンスだったのに。

『ごめんなさい』

気づけばわたしは、美月に向かって話しかけていた。

『この子引っ込み思案で……あのね、自分から美月ちゃんと握手がしたいって言い出したの。この子にしては本当に珍しいことでね』

『ありがとうございます。すごくうれしい』

美月は慣れた様子で言いながら杏に微笑みかけてくれた。その笑顔にわたしまで救われる。もうこれだけでも充分か、と思いかけたとき、美月が杏の手を取った。

『おなまえは、なんていうの？　なんさい？』

杏がびくっと跳ねて手を引っ込める。わたしは慌てて代わりに答えた。

『杏っていうの。もうすぐ九歳』

『わあ、いっしょだ！』

美月はたった今手を振り払われたことなどなかったかのように、胸の前で手を叩いてはしゃいだ声を上げる。近くで見るには濃すぎるメイクは、生きる場所の違う証《あかし》であるかのように見えた。汗が輝く肌が眩《まぶ》しい。胸が熱くなった。ありがたい。ちゃんと話すことはできなかったけれど、これで杏もいい思い出になるだろう。自分から握手がしたいと言い出して列に並んだから、美月ちゃんと話すことができたのだと、自信を持つきっかけになるかもしれない。

『美月ちゃん、ありがとうね』

『アンちゃんはすきなたべものってなに？』

締めくくって立ち去ろうと思ったが、美月はさらに質問を重ねてきた。まるで転校生に声をかけるクラス委員の子のように。

『ほら、杏ちゃん。美月ちゃんが好きな食べ物は何って』

肩をつかんで揺さぶるが、杏は動かない。

――これか。

口の中が苦くなる。娘の言う通り、最初はこうして杏に話しかけてくれた子もいたのだろう。だけど、ここまで答えられなければ子どもじゃなくたってどうすればいいのかわからなくなる。わたしだって、どうすればいいのかわからなかった。

『あのね、この子はピザが好きなの』

答えながら焦りが募る。ダメだ、こんな答えじゃ普通すぎて会話がつながらない。

『将来の夢を訊かれてピザって答えたこともあるくらいで……』

言いかけて、しまった、と思った。うつむいたままの杏が裾《すそ》を強く引いてきたからだ。これは話されたくなかったんだ、とわかって、最初に杏がその答えを口にしたときの話を思い出す。みんなに笑われて、顔を真っ赤にしていたという杏。

『ピザになりたいの？　ピザ屋じゃなくて？』

声をはね上げた美月に、後悔がこみ上げる。どうしよう。どうやってフォローすれば――

『ちがう』

杏の声にハッとした。見れば両耳が真っ赤になっている。

『ピザになんて、なれるわけない。そんなこと、もうしってるもん』

杏の声は今にも泣き出してしまいそうだった。わたしは飛びつくようにして杏の横に膝をつく。

『そうよね。ごめんね杏ちゃん、ばあばったら昔の話しちゃって』

そう言って杏の背中をさすった瞬間だった。

『なれるよ』

ふいに、左側に立つ美月の方から軽やかな声が聞こえた。杏が弾かれたように、初めて、顔を上げる。

つられて一緒に目を向けると、美月は柔らかく微笑んだ。

『なににだってなれる。わたしだって、さっきまで化け猫だったくらいなんだから』

美月に礼を言い、列を離れてからも杏はしばらく放心状態だった。よかったね、と声をかけても、美月ちゃんいい子だったね、と話しかけても答えない。だが、それはいつものように心を閉ざしているからというより、ただ本当に呆然《ぼうぜん》としているようだった。

とにかく、嫌な思い出にならずに済んだようでよかった。

そう思ったとき、杏が小さく言った。

『ねえ、ばあば。わたし美月ちゃんみたいになりたい』

「カット！」

ディレクターの怒鳴るような鋭い声がスタジオに響き渡る。

両手と口の周りを脂《あぶら》でべとべとにしながらフライドチキンを頰張っていた杏が、すばやくチキンから口を離した。わたしはすかさずウェットティッシュを片手に駆け寄り、周囲の視線から杏を隠すように立つ。腰を屈めて杏の口元にウェットティッシュを押し当てた。

「べっ、てしなさい」

わたしが小声で言うよりも早く、杏がウェットティッシュの中に咀嚼《そしゃく》途中の鶏肉《とりにく》の塊を吐き出す。口から引いた唾液《だえき》の糸を手繰るようにして切り、ウエストポーチの中に広げたビニール袋に押し込んだ。新しいウェットティッシュを出し直して杏の両手と口の周りを拭《ふ》いていく。杏はされるがままになりながら、視線だけでディレクターの方をうかがった。

わたしもつられてディレクターを振り返る。そういえば、さっきのシーンまではすぐにコメントをくれていたディレクターの声が、今回はまだ飛んできていない。

ディレクターはモニターの画面をスーツ姿の中年男性に向け、微かに引きつるような笑みを浮かべていた。中年男性は、そうされて当然というように腕を組み、モニターを見下ろしている。さっきまではいなかったはずの顔だ。

誰だろう、と思った瞬間、中年男性は画面を指して口角を持ち上げた。

「いいねえ、この子」

わたしは短く息を呑む。

——杏のことだ！

ディレクターが気を遣う相手ということは、テレビ局の偉い人なのだろう。その人が、杏のことを「いい」と言った！

興奮が腹の底から湧《わ》き上がってきて口元が緩む。中年男性が画面から顔を上げてこちらを見た。わたしは杏の肩に右手を置いて会釈《えしゃく》を返す。一歩踏み出しながら左手をジャケットのポケットに入れ、ハッと手元を見下ろした。慌てて反対側のポケットも服の上から叩き、ウエストポーチの中を掻《か》き回す。名刺、名刺、どこだっけ、まさか今日に限って忘れたなんてことは——冷汗がこめかみを伝い、内臓がぎゅっと縮こまった。

そうしている間にも中年男性はこちらに近づいてくる。早く、名刺を出して挨拶《あいさつ》をしなければ。名前を覚えてもらえるせっかくのチャンスなのだ。わたしのミスでそれを潰してしまうことなどあってはならない。

「ばあば」

「立って先にご挨拶しなさい」

杏の案じるような声に低く返しながらビニール袋を引っ張り出し、櫛《くし》をよけたところで見慣れた名刺入れが現れた。——あった！

「あ、」

だが、中年男性は名刺を差し出そうとしたわたしの脇《わき》をすり抜けて、自然な動きで杏へ歩み寄る。動けずにいる杏の前で腰を屈めた。

「すごく美味《おい》しそうに食べてくれるんだね」

——食べてくれる？

奇妙な言い回しを怪訝《けげん》に思いながら名刺を引き抜き、「あの」と一歩前に出る。

「ご挨拶が遅れてしまい申し訳ありません。わたし、西川杏のマネージャーでございます」

差し出した名刺は、杏のものだった。表面には杏の笑顔のアップと名前だけが配されており、わたしの名前と連絡先は裏面にある。

「あ、ああ、どうも」

中年男性は一瞬目をしばたたかせ、受け取った。その手が胸ポケットに伸びるのをじっと見つめる。名刺を受け取ってもらえるだけでも御の字だが、相手の名刺ももらえればなおいい。帰宅後に挨拶メールにかこつけてもう一度アピールすることができるからだ。

次の瞬間、中年男性は名刺を取り出して言った。

「どうもどうも、藤沼です」

「ありがとうございます。頂戴《ちょうだい》します」

わたしは深く会釈をしながら名刺を凝視する。小さな紙には、〈パパ・チキン〉というロゴと見慣れた鶏のイラストがあった。大きめの駅ならば必ずと言っていいほど看板を見かけるファストフード店。

——今回のＣＭのスポンサーだ。

わたしは咄嗟にポーチの口を手のひらで隠す。

「このＣＭは何たって子役の演技にかかってますからね。そう言ったらＰエージェンシーさんに杏ちゃんを薦められて」

「そう言っていただけると嬉しいです。ね、杏ちゃん」

「ありがとうございます。せいいっぱいがんばります！」

杏が如才なく頭を下げると、藤沼は目尻を下げた。

「すごいしっかりしてるんだなあ。まだ九歳だろう？」

杏は、いつもわたしが教えている通りに照れくさそうな笑みを返す。藤沼は満足そうにうなずいた。

「いやあ、本当に杏ちゃんにお願いしてよかった」

藤沼の言葉に胸が熱くなる。

実際のところ、今回のＣＭで杏が映る時間は十秒ほどに過ぎない。けれど、藤沼の言う通り、杏の演技にＣＭの出来がかかっているのも事実だった。

お正月にチキンを、とアピールするＣＭだ。

おじいちゃん、おばあちゃんの家に連れてこられた杏が「ほら、お年玉だよ」と言われて目を輝かせるシーン、けれどおじいちゃん、おばあちゃんの間をすり抜けてその奥の食卓へ走るシーンが続いて、次に食卓に所狭しと並べられたチキンが映し出される。最後に本当に美味しそうにチキンを頬張る杏のバストアップに〈パパ・チキンのお年玉〉というテロップと正月限定の割引メニューが重なる、というものだ。

「すごく美味しそうに食べる姿がよかったよ」

藤沼は目を細め、杏の顔を覗き込んだ。

「いつも食べてくれているのかな？」

杏が、パッとわたしを見た。その不自然な間に、舌打ちが漏れそうになる。

「ええ、そうなんですよ」

わたしは杏と藤沼の間に割って入った。

「この子、パパ・チキンのチキンが本当に好きで」

「そうですか、それは嬉しいなあ」

藤沼は奇妙な間には気づかなかったらしい。わたしは笑顔を張りつけた口角をさらに意図的に引き上げた。

「だから今回も御社のＣＭのお話をいただいてすごく喜んでいたんです」

「そう言ってもらえるとうちとしても光栄ですよ。あ、そうだ」

藤沼は唐突にスーツのポケットから財布を取り出すと、中からカードを引き抜いた。

「これ、うちの全店舗で使えるパチパチカード。はい、どうぞ」

藤沼が杏に差し出すと、今度は杏もわたしをうかがうことなく受け取った。

「ありがとうございます」

けれど、声には子どもらしい無邪気さがない。わたしは杏の背中を強めに叩き、わあ、と声を弾ませてみせた。

「よかったじゃない、杏ちゃん！」

杏がびくりと肩を揺らして顔を上げ、先ほどの撮影中と同じ表情を浮かべる。

「すごい！　パチパチカードだ！」

「いっぱい食べて大きくなるんだよ」

「はい！」

ポニーテールを弾ませて満面の笑みを浮かべた杏に、藤沼は破顔して去っていった。

藤沼がスタジオから出ていくのと同時に、ディレクターが「オッケー！」と声を上げる。

「杏ちゃん、よかったよ」

「ありがとうございます」

「よかったら、余ったこれ、持って帰るかい？」

「わあ、いいんですか？」

杏がはしゃいだ声で言って胸の前で両手を叩き合わせる。

「お気遣いいただいてすみません」

わたしは小刻みに頭を下げながらアシスタントディレクターから渡されたビニール袋を受け取った。杏の背中を叩くと、杏が弾かれたように背筋を伸ばす。

「ありがとうございました！　おさきにしつれいします！」

大きくはっきりした声音で言うと、深く腰を折った。わたしは杏の腕を強く引いて足早に楽屋に戻り、ドアを閉めるや否《いな》や杏を振り向く。

「杏ちゃん」

低く呼びかけると、杏が肩を小さく揺らした。

「どうしてちゃんと答えないの」

「……ごめんなさい」

「あの人はパパ・チキンの人なの。あの人が杏ちゃんを使うって決めたから杏ちゃんは仕事をもらえたのよ。わかる？」

杏が身を縮ませる。

「ばあば、いつも言ってるわよね？ カメラが回っていない間も仕事なの。考えればわかることじゃない。パパ・チキンの人が相手なんだから、いつも食べてますって答えるべきでしょう」

「でも、たべてないから……」

「本当のことなんてどうでもいいのよ」

チキンのビニール袋とパチパチカードを紙袋に放り込む。ウエストポーチから撮影中に吐き出させたチキンも取り出し、一緒に投げ入れた。杏が大きく目を見開き、腕を伸ばす。わたしは、杏をじろりとにらみ上げた。

「ねえ、杏ちゃん。こういうのを食べるのはいいこと？ 悪いこと？」

「……わるいこと、です」

「杏ちゃんが食べたいならいいのよ？ でも、こういうのを食べるようになったらまた元の体形に逆戻り。それでもいいの？」

杏が勢いよく首を振る。

わたしは頬を緩めた。

「そう、ならいいの。はい、お弁当。ばあば作ってきたの」

鞄《かばん》から小さなお弁当箱を出した。五穀米に里芋の煮物、子持ちししゃもに塩昆布、具だくさんの味噌汁《みそしる》だ。

杏は、お弁当箱を見つめたまま、小さく言った。

「ありがとう、ばあば」


パソコンの前で微動だにしない杏に、何と声をかければいいのかわからなかった。

染《し》みや吹き出物など一つもない滑らかな肌を、窓から差し込む夕陽が照らしている。

やがて、杏が静かに右腕を持ち上げた。無表情のままマウスをつかみ、クリックする。

オーディション結果の書かれたメールのウィンドウが閉じられ、デスクトップ画面が現れた。そこにある眩しいほどに晴れやかな杏の笑顔と今の無表情とのギャップが痛々しい。

杏ちゃん、と呼びかけようとして、声を飲み込んだ。画面がインターネット掲示板に切り替わる。通称デビュー板と呼ばれるオーディション情報が集まるスレッドは、わたしも定期的にチェックしているページだった。オーディションに参加するライバルの様子が探れるし、時折別日にオーディションを受けた人が不用意に情報を落としてくれることもあるからだ。

だが、オーディション結果が出た今、書き込まれているのは落選を嘆く声ばかりだった。誰が合格したのかを尋ねる書き込みや、どうせ出来レースだったに決まっていると運営側を詰《なじ》る書き込みまでが目に入り、口の中が苦くなる。

杏には、こんなものを見て欲しくなかった。たしかに、今回のオーディションでは杏も力を発揮できていたし、合格できるんじゃないかと期待してもいた。けれど落ちた原因をこんな場所に求めたところで意味はない。

わたしは杏の丸まった背中を見るのが嫌になって顔を背けた。ダイニングテーブルの端に積んだままになっていた郵便物を手に取り、不動産のチラシや寿司屋《すしや》のメニューの中から必要そうなものを選り分けていく。

一枚のハガキが現れたところで「あ」と声が漏れた。

「美月ちゃん、喪中なのね」

杏がパッとすばやく振り返る。それは、内容に反応したというよりも、ただ我に返ったような仕草だった。実際、杏はわたしの顔を見て小首を傾《かし》げる。

「もちゅうってなに？」

それは、と答えかけ、パソコンを指さす。

「何でもすぐ訊かないで自分で調べなさいって、ばあばいつも言ってるでしょう」

杏は小さくうなずき、パソコンに向き直った。別ウィンドウを開き、調べ始める。いくつかのサイトを眉根を寄せて見ていた杏は、再びわたしを振り向いた。

「だれか死んじゃったってこと？」

わたしは答える代わりに喪中ハガキを渡す。杏はハガキを見下ろし、「新年のごあいさつを、もうし上げるべきところ、母の、もちゅう、につき、ごえんりょ、もうし上げます」とたどたどしく読み上げ、一拍置いて息を呑んだ。

「おかあさんが死んじゃったの？」

「そうね。大切な家族が死んでしまったばかりなのに、おめでとう、なんて変でしょう？　だからそういうときは年賀状じゃなくてこうやって喪中ハガキを出すの」

杏は唇に手を当てる。しばらく何かを考え込むように黙った後、

「美月ちゃん、だいじょうぶかな」

と、ぽつりとつぶやいた。

杏が芸能界を目指すきっかけになった美月は、今では事務所の先輩だ。母親がマネージャー役を務めていたはずだから、大きな打撃になることだろう。だが、来期から始まる連続ドラマでの美月の役は父親を病気で亡《な》くす女の子だったはずだ。

「マネージャーは事務所がきちんとつけてくれるはずだから大丈夫よ。それに、芝居に深みが出るんじゃない？　今度やる役がちょうどそういう役でしょう。むしろこれで仕事が増えるかもしれないわよね」

杏は答えなかった。

すると次の瞬間、テーブルの上で携帯が鳴った。

〈駒ケ崎中央小学校〉

ディスプレイに表示された文字を見て、手にした携帯をテーブルに戻しかけた。けれど思い直して通話ボタンをタップする。

「はい、西川です」とあえて早口に言うと、電話の向こうから慌てた気配が伝わってきた。

『あ、杏さんのお祖母《ばあ》様ですか？　私、駒ケ崎中央小の永倉です。今、お時間大丈夫でしょうか』

数秒迷い、杏に背を向ける。

「今、出先なんですけど」

『ではかけ直させていただきます。何時頃でしたらご在宅ですか？』

わたしはため息をつき、リビングから廊下へと出た。

「何ですか」

『え？』

「用件です。帰宅時間は読めないので今聞きます。手短にお願いします」

『え、あの』

永倉は自分からかけてきたくせに言葉を探すように口ごもる。二秒ほど間をおいてから、気をとり直したように続けた。

『二学期、杏さんがほとんど学校に来ていないので心配になりまして』

予想通りの言葉に脱力する。だから、娘の家の電話ではなく、わたしの携帯にかけてきたのだ。あるいは——娘から、わたしに直接話すように言われたのだろうか。

「その話は前にもしたはずですけど」

『ですが、このままだとお友達との関係も、』

「今が大事なときなんです」

わたしは担任の言葉を遮った。

「せっかく名前が売れ始めて仕事が来るようになったのに今休むわけにはいきません」

『お言葉ですが、お祖母様、杏さんが久しぶりに登校してきたときの様子をご存じですか？　登校してから下校するまで、ほとんどお友達としゃべらないんですよ』

「そのお友達って言い方、やめてもらえます？」

『え』

「友達じゃなくて、ただのクラスメイトですよね。それに、別にいじめられているってわけじゃないんでしょう？」

『それは、もちろん。むしろみんな杏さんのオーラに圧倒されてしまってるというか』

それはそうだろう。杏は芸能人なのだ。その辺の子どもとは住む世界が違う。

でも、とわたしは唇に手を当てた。たしかにそろそろ転校すべきなのかもしれない。これからますます芸能活動に力を入れていく以上、理解がない小学校では何かと不便だ。妬《ねた》みを向けられるのも面倒だし、クラスメイトにも同じ子役がいた方が刺激にもなるだろう。

担任が短く息を吐く音が聞こえた。

『実は、先日杏さんが学校に来たときにお友……クラスメイトと喧嘩《けんか》になったんです』

「喧嘩？」

わたしは眉根を寄せて訊き返す。

「あの子がですか？」

正直意外だった。杏が同い年の子どもと喧嘩しているところなど想像できない。すると担任は『喧嘩と言いますか……少し揉め事になりまして』と言葉を濁した。

『杏さんは飼育委員をしているんですが、普段学校を休みがちなので毎日餌《えさ》をあげるような仕事はできなくて』

「それで揉めたと？」

だとすれば、それはそもそも飼育委員になったことが間違いだ。だが、担任は『いえ』と否定した。

『それ自体は問題ないんです。初めに話し合って、杏さんは餌やり以外の仕事をすることになっていましたから』

「じゃあ、どうして」

『……杏さんが、死んだ金魚をトイレに流してしまったんです』

え、という声が喉に絡《から》む。どう反応すればいいのか、その前にどう自分の中でとらえればいいのかわからなかった。

『杏さんにとっては、普段世話をしていたわけでもありませんし、特に愛着もなかったんでしょう。死んでしまった生き物をどう扱うべきなのかよくわからなかったのかもしれません』

わたしは首をねじってリビングのドアを見る。

『ただ、そのクラスメイトは金魚の餌やりを担当していた子でした。彼女が泣き出したことで騒ぎになり、みんなが杏さんを責めるような格好になってしまったんです』

「責めるって……」

『もちろんすぐに学級会を開いて、一方的に責めるようなことはよくないとクラス全体に注意しました。杏さんが悪いわけでもないと……実際、私は杏さんが悪いとは思っていません。まだ死というものが理解できていなくても不思議はありませんし、生き物が死んだら埋葬するというのは経験がなければできなくて当然です』

娘は知っていたのだろうか。――知っていたのだろう、と思うと胸の奥がざわついた。この担任ならば、揉め事があったというその日に娘に連絡を入れたはずだ。だが、娘はその話をわたしの耳には入れなかった。

――かわいそうに。

数日前、自分が娘に聞かせるように口にした言葉が脳裏に蘇る。あのとき、娘は何かを言いたげに口を開き、けれど結局何も言わずに閉じた。

『ですから、私が今日この話をしたのはこのことを問題にしているからではないんです。このことについてはもう解決しています。ただ、クラスメイトの間のわだかまりが完全に消えたわけではありません。お祖母様は、今が仕事にとって大事なときなのだとおっしゃいましたが、今は杏さんがクラスに溶け込めるかどうかという意味でも大事な時期なんです』

淀んだ沈黙が落ちる。わたしは携帯を握る手に力を込めた。背後でドアが開く音が響く。

杏だった。その気遣わしげな表情に、「永倉先生」と告げる。

「ねえ、杏ちゃん」

わたしは携帯を耳から離し、杏の顔を覗き込んだ。

「杏ちゃんは本当は仕事よりも学校に行きたいの？　お仕事、やめる？」

杏は間髪をいれずに首を振る。

「ううん、やめたくない」

詰めていた息が漏れた。わたしは携帯を耳に当て直す。

「聞こえてました？」

担任はすぐには答えなかった。厄介な保護者だと思われているのだろう。そのくらいはわたしにだってわかる。だが、別にどう思われようとかまわなかった。杏のためなら、何と言われたっていい。

『……わかりました』

担任が絞り出すような声音で言った。「では」と切り上げて終話ボタンに指を伸ばしかけたところで、『あの』という声が続く。

「まだ何か？」

思わず声が尖った。ほんの少し言いよどむような間が空く。

『終業式の後、クラスでクリスマス会をやるんです。みんなとも触れ合える機会だし、せめてそれだけでも杏さんに参加してもらえないでしょうか』

「終業式って何日ですか？」

『十二月二十二日です』

わたしはリビングへ戻り、カレンダーを見上げた。二十二日には仕事は入っていないが、二十三日から東尋坊でロケだ。撮影は早朝からだから、前日の夕方には現地入りすることになっている。

「お昼過ぎには出なければならないので、終業式だけなら行けるかもしれませんけど」

『でも、それじゃ意味が……』

「それもそうですね」

わたしはうなずいた。授業ですらない行事に出るくらいならば、家でセリフの確認をしていた方が有意義だろう。単発の二時間ドラマだが、主役に若手人気女優の新里《にいざと》茜《あかね》が起用されているからそれなりの視聴率が見込める。

「では、そういうことで」と改めて話をまとめると、わたしは電話を切って杏に向き直った。

「二十二日、クラスでクリスマス会があるみたいだけど、断っておいたから」

「え?」

台本を読み込んでいた杏が顔を上げる。

「終業式だけなら行ってもいいけど、どうする?」

杏は再び台本に視線を落とした。わたしはたくさんの書き込みが入ったページを何気なく覗き込み、「まあ、行っても意味がないと思うけど」と続ける。

「いかない」

杏は、今度は顔を上げないまま短く答えた。

流木を縦に積み上げたような岩肌が見えた途端、すくむような悪寒が足元から這い上がる。首を前に伸ばして海面を覗くと、底が見えない濃紺の波が断崖《だんがい》に押し寄せた。瞬時に白い飛沫《しぶき》となって弾け、宙を舞う。

今は雪は降っていないものの、岩壁のところどころに残った白い雪が寒々しかった。曇天の灰色、雪の白、海の濃紺、波飛沫の白、岩壁の深い枯茶色、杏の肌の白——ぎりぎりのところでモノクロになりきらない光景の中で、何にも染まらない白が浮かび上がっている。

歓声にも似た悲鳴を上げる大学生らしきグループの間で、ダウンジャケットのフードを被《かぶ》った杏は、静かに前だけを見ていた。その硬質な表情には、しんと冷えた空気がよく似合う。

わたしは開きかけた唇を閉じた。代わりに、杏の視線の先に顔を向ける。

そこには、何もなかった。ただ、峻烈《しゅんれつ》な断崖を、杏はまばたきもせずに見つめている。おそらく、明日の演技のイメージをしているのだろう。殺人事件の犯人を追い詰める刑事、夫を殺してしまった妻、そして杏の役はその殺された父親から虐待《ぎゃくたい》を受けていた子どもだ。

セリフ自体はほとんどない。だが、それは表情だけであらゆる感情を表現しなければばならないということでもあった。

杏自身は、虐待を受けたことはもちろん、親族を亡くしたことなど一度もない。葬儀に出たことすらないのだ。

『まだ死というものが理解できていなくても不思議はありませんし、生き物が死んだら埋葬するというのは経験がなければできなくて当然です』

ふいに杏の担任の言葉が蘇る。たしかに杏は、人が死ぬということがどういうことなのか、実感として理解できてはいないだろう。けれどそれでも、杏は経験したことがない感情を表現してみせなければならない。

わたしは杏から一歩離れた。はしゃぎながら携帯で写真を撮り合っているカップルの女性の方が、ちらりと杏を見る。一瞬、ハッとしたように目を見開き、男性の袖を引いた。耳元に口を寄せ、何かを囁《ささや》いている。

杏が子役だとわかったのかもしれない、とわたしは思った。顔に見覚えがあるわけではなさそうだが、普通の子どもではないと気づいたのだろう。今や杏には、ただのかわいい子どもには収まらない一種特別なオーラがある。

「ばあば」

ふいに、杏が断崖を見つめたまま言った。

「ばあばは、つかれたりしないの？」

唐突な質問に、わたしは目を見開く。

「杏ちゃんは、疲れたの？」

「そうじゃなくて」

杏が焦《じ》れったそうに語気を強めた。

「……どうしてわたしのためにここまでしてくれるのかなって」

視線をつま先に落とす。わたしは、ふっと口元を緩めた。

「ばあばはね、杏ちゃんが生きがいなの。だから杏ちゃんの力になれるのが何より嬉しいのよ。そのためなら死んだっていいくらい」

杏が、わたしを見上げる。わたしはその額に腕を伸ばし、前髪をかき混ぜるように撫でた。


ホテルに戻ってきたのは十六時過ぎだった。併設のレストランで早めの夕食を終え、天然温泉が楽しめるという大浴場へ向かう。

服を脱いだ杏は平な胸にタオルを当て、小さな歩幅で脱衣所を出た。並んでシャワーを浴び、薬用泡風呂、電気風呂、ジェットバス、露天風呂、檜風呂《ひのきぶろ》と様々な浴槽を順番に回っていく。あまり客が入っていないのか、ほとんど貸し切り状態で、ちょうど露天風呂に出た頃に雪が降り始めた。

露天風呂から見える雪の日本海に見惚《みと》れていると、上がる頃にはのぼせてしまっていた。全身が火照《ほて》り、微かな眩暈と動悸《どうき》がする。髪を乾かすかどうか迷ったものの、結局脱衣所ではウォーターサーバーの水を一杯飲んだだけで、部屋へと戻った。

濡れた髪をタオルで巻いてひとまずベッドに横になる。

「ばあば、だいじょうぶ？」

「大丈夫よ、少し横になっていれば落ち着くから」

実際、のぼせ冷ましにバルコニーに通じる掃き出し窓を開け、冷たい空気に当たって五分もすれば、眩暈と動悸は治まった。わたしは上体を起こし、杏が備え付けの冷蔵庫から出してきてくれたイオン飲料を口に含む。ふう、と息をつくと、そうだ、と思いついた。今のうちに名刺を確認しておいた方がいいかもしれない。

頭にあったのは、先日、パパ・チキンの藤沼に挨拶をしたときのことだった。明日は、あのときのように名刺が見つからなくて慌てるというような事態は避けたい。

バッグを引き寄せ、中から名刺入れを取り出して蓋《ふた》を開けたとき、びょお、と強い風に煽られ、名刺が一枚宙を舞った。

「ちょっと杏ちゃん、悪いけど」

拾ってくれる、と言いかけた言葉を飲み込む。杏は、真剣な表情で台本を読んでいた。わたしは音を立てないように静かに立ち上がり、窓へと歩み寄る。

名刺は、バルコニーの端まで飛んでしまっていた。だが、バルコニーに裸足で出るのも躊躇《ためら》われる。靴を取ってくるのも億劫《おっくう》で、わたしは窓枠につかまって腕だけを伸ばすことにした。

喉から短い呻き声が漏れる。届きそうで届かない。上体をさらに乗り出し、指先に名刺が触れた瞬間、窓枠をつかんでいた手が滑った。

あ、と思ったときには、もうバルコニーに転がっていた。痛みよりも羞恥《しゅうち》が先に立ち、頬が熱くなる。

「やだもう、ばあばったら歳《とし》ね」

ごまかすように自嘲《じちょう》してみせながら名刺を拾い上げたとき——

背後で、戸車が滑る音が響いた。

＊

「杏ちゃんが早く開けてくれないと、ばあば本当に死んじゃうよ」

投げかけた声が、杏の眼前で凍りついた。

杏の無表情は、無機質な印象を受けるほどに色を感じさせない。それは、あらゆる感情を積み重ね、押し隠した結果、どんな色だか読み取ることができなくなったわけではなく、初めから何の色も塗られていないように見えた。

――杏は今、何を考えているんだろう。

浮かんだ思いに、自らぞっとする。

わからない、と気づいてしまうことが恐怖だった。

いつだって、理解してきたはずだった。杏がしたいこと、したくないこと、杏の好きなもの、嫌いなもの。誰よりも杏の近くで、杏のことを見て――

ふいに、まぶたの裏にいくつかの光景が浮かんだ。

『あなたは、杏ちゃんの意志を尊重したいんでしょう？　それで、杏ちゃんにどうしたいか訊いたら、杏ちゃんも仕事がしたいって答えた。だからやってるんじゃないの』

娘はあのとき、何と言った？

『それは……でも、それが杏の本心かどうかなんてわからないじゃない。お母さんがそんなふうだから、杏だってばあばに気を遣っているだけかもしれないでしょ』

わたしがチキンを捨てた瞬間、杏は大きく目を見開き、腕を伸ばしていた。

『ねえ、杏ちゃん。こういうのを食べるのはいいこと？　悪いこと？』

『……わるいこと、です』

『二十二日、クラスでクリスマス会があるみたいだけど、断っておいたから』

『え？』

『終業式だけなら行ってもいいけど、どうする？——まあ、行っても意味がないと思うけど』

『いかない』

そう答えたとき、うつむいていた杏はどんな表情をしていたのか。

『ばあばは、つかれたりしないの？』

足がすくむような断崖をまばたきもせずに見つめていた杏の硬質な横顔が脳裏で明滅する。

『どうしてわたしのためにここまでしてくれるのかなって』

『ばあばはね、杏ちゃんが生きがいなの。だから杏ちゃんの力になれるのが何より嬉しいのよ――』

「ばあば」

頭上から聞こえた声に、ハッと顔を上げた。わたしを見下ろす杏と、見つめ合う形になる。

「……ごめんなさい」

吐き出す声が、震えた。

「ばあば、何もわかっていなかった。杏ちゃんが、本当は子役をやりたくないなんて、思いもしなかったの」

杏が、小首を傾げる。その邪気のない仕草に、一瞬、思考が止まった。え、というつぶやきが漏れる。

「杏ちゃん、本当は嫌だったんでしょう？」

「なにが？」

杏は、何を言われているのかわからないというように目をしばたたかせた。これも演技なんだろうか。わたしは、まだ杏にこう言わせているんだろうか。そう思いながら、違和感が膨らんでいくのを止められない。

杏が、ゆっくりと唇の端を吊り上げた。その妖しい輝きを孕んだ笑みに、瞬間、状況を忘れて魅せられる。

——杏は、こんなにも美しい子どもだっただろうか。

痺れた頭のどこかが考えたとき、杏がそっと口を開いた。

「これでばあばが死んでくれたら、年賀状出さなくてよくなるんだよね。ありがとう、ばあば」

絵の中の男

私のことはどちらでお知りに？　ああ、なるほど。今は本当に何でもインターネットとやらで調べられる時代なんですね。

いいえ、本当ですよ。たしかに私は浅宮二月《あさのみやにがつ》先生の絵を集めています。正確に言えば、私自身は彼女の絵の鑑定をお任せいただいているだけで、実際に絵を買い取られる方は別におられるのですけれど。ええ、お持ちいただいた絵が本物であれば、もちろんそれ相応の値段で買い取らせていただきます。

お急ぎですか？　ご心配なさらなくても鑑定自体はそれほど時間がかかるものではございませんよ。ただ念のため買い主に確認を取る必要がありますから、今日この場で代金をお持ち帰りいただくというわけにはまいりません。それでもよろしいですか……それでは早速、失礼いたします。

残念ながらこちらは贋作《がんさく》ですね。ええ、せっかくご足労いただいたのに誠に恐縮ですが……そうですね、すぐにわかりますよ。むしろここまで違うとなると贋作という表現も正しくないかもしれません。おそらくこの作者は二月先生の絵を模写したわけでもないのではないでしょうか。

あのいい絵のことをご存知なんですか？　はあ、それもインターネットで。本当にすごい時代になったものですね。ええ、仰《おっしゃ》る通り、先生の絵の中でも特に高値がついたあの絵には、まさにこういったモチーフが使われています。燃え盛る炎の中心で苦悶《くもん》の叫びを上げている幼子、首から大量の血を噴き出している男、その二人の前で呆然《ぼうぜん》と立ち尽くす生皮を剝《は》がれた女——そうした情報を元に二月先生の絵を真似《まね》て描こうと思えば、たしかにこうした絵になるかもしれませんね。ですが、これは本物ではありません。いえ、あの絵の所在が今なおわからないことは事実ですよ。なのにどうして違うとわかるのか、ですか？　簡単なことです。私は実物を見たことがあるからです。そもそも号数からしてまるで違います。あの絵は百号——百六十二センチもあって私の身長よりも大きいのですから。私の知らないところで同じモチーフの絵を他に描かれていたという可能性も否定はできませんが、たとえそうだとしても、ここまで画風が異なるとなりますと私がこちらを先生の絵だと判断することは難しいと言わざるを得ません。ええ、申し訳ありませんが……

呪《のろ》いの絵？　この絵が、でございますか？　飾られていた家で人が亡《な》くなられた……ああ、だから二月先生のあのいい絵ではないかという話が出た、と。

はい、そういったいわくについては私も耳にしたことがございますよ。絵の中の人物が動くとか、絵が飾られていた家で人死にが続いたとか。ですが、私はどれも勘違いか偶然に過ぎないと思っています。そりゃあ家は人が住むものですから人が死ぬことだってあるでしょう。何人も連続したというのは不幸なことですが、それだって別段おかしなことではないはずです。中には殺人事件もあった？　それだって今日び珍しい話じゃないんじゃありませんか。新聞を開けば事件の報道が載っていない日なんてほとんどないでしょう。もしたまたま載っていなかった日があるとしても何も起こっていないわけじゃありません。この日本各地に目を広げれば、必ずと言っていいほど常にどこかで事件は起こっているものですよ。

動機が不可解だった？　それこそいくらでもある話でしょう。そもそも人殺しに万人が納得する動機がある方がおかしい。金銭目的だったと言われれば納得する人が多いようですけれど、本当にそれは納得がいく理由ですか。額にもよる？　ではいくらだったら人を殺すに値すると思いますか。五百万円？　一千万円？　一億円？　頭で考えて、それくらいならあり得るかもしれないと思える額があったとして、ではその額のために人を殺せと言われて殺しますか？　家族を殺されて納得できますか？

動機なんて不可解なものですよ。本当の意味で理解できるはずがないんです。何となくあり得そうに思えるのは、ただ前例があるからに過ぎない。実際に金銭目的で人を殺《あや》めたと主張している人間が多数存在するから、そういう動機は普通だと認識しているだけなんじゃないでしょうか。金に困っていた、恨みを抱いていた、秘密を暴露されそうになった——どれもそれ自体は想像しやすいでしょうが、だから殺したのだと言われてそのまま納得してしまうのは結局のところ他人事《ひとごと》だからです。たとえ元がどんなに常識的な人であっても、殺人という常人では越えることのない一線を越えた瞬間は異常だった。その異常さは当人にとって禁忌を犯すほどに切実な動機から来ていたのだろうと憶測できるだけです。

失礼、少々熱くなりすぎました。ええ、ですから私は絵の呪いなどは信じておりません。ご両親やご子息を含め、先生の周りではたしかに不幸な死に方をされている方が少なくありませんし、あの絵の行方がわからなくなった原因の事件も強盗殺人ですから、そういう噂《うわさ》を流したがる人間がいるということはわかるつもりですけれどね。

え？　あの絵が描かれる直前に起きた先生の事件についてですか？　それはもちろん知っていますが……ええ、私も現場におりましたので。

ですがあのときは、私自身気が動転していましたから、細かいことはよく覚えていないんです。それにもう何十年も前のことですから。それでも知りたいですか？　大した話はできませんが……でも、そうですね。このまま忘れ去られてしまうのも忍びないかもしれません。まあ、せっかくお越しいただいたことですし、私の知っているお話でよろしければ。

覚えているのは……まず「もうやめてください」という二月先生の叫び声がアトリエから聞こえてきたんです。その声があまりに切迫していたものですから、私はノックもせずにアトリエに飛び込みました。すると先生と旦那《だんな》様の恭一《きょういち》様が匕首《あいくち》を手に揉《も》み合っているのが見えたのです。

いいえ、正確に言えばそこにいるのが誰と誰だかすぐにはわかりませんでした。先生のアトリエなのだから先生と恭一様しかいるはずがないとわかっていながらも、そのことが目の前の光景と繋《つな》がらなかった。いつもは眼鏡をかけている恭一様が眼鏡をかけていなかった、という単純な理由もあるのかもしれませんが、やはり脳が状況を把握することを拒んでいたのかもしれません。

遠目にも、お二人の両腕には力がこもっているのがわかりました。そこで再び私は混乱に陥りました。一体、何が起こっているのか――理解が追いついたのは、匕首が恭一様の方へと傾いていくのが見えてからです。そこでようやく、二月先生の方が恭一様に斬りかかっているのだと気づいたのです。

「わかってください。わたしはもう描けない」

先生の声は悲痛でした。

恥ずかしながら、先生のその言葉を聞くまで、私はそこまで先生が追い詰められているとは思っていませんでした。描けないことへの焦《あせ》りは並大抵のものではあるまいと思いながらも、まさかそんな行動に出るとは思いもよらなかったのです。

「お願い許して」

先生は涙を流しながら、そう叫んでいました。

奇妙な光景でした。

刃《やいば》を向けられた恭一様は額に脂汗《あぶらあせ》を滲《にじ》ませながら「大丈夫だから」と繰り返していました。私は悲鳴すら出せませんでした。何かを言えば、それがきっかけになってしまうような気がしたのです。一瞬でも恭一様の気が逸《そ》れたら、危うい均衡が崩れて取り返しがつかないことになってしまうかもしれない――そう思うと、動くこともできませんでした。もちろん、先生と恭一様が逆の立場ならすぐにでも止めに入ったでしょう。どう考えても先生の方が恭一様より身体《からだ》も小さく、力も弱いのですから。先生の方が先に力尽きるのは自明のことに思われました。

なのに、次の瞬間、信じられないことが起こりました。もつれ合うような勢いでヒ首が恭一様の方に傾いたのです。私は咄嗟《とっさ》に目を瞑《つぶ》ることもできませんでした。ただ呆然と、アトリエの片隅で立ち尽くしていただけです。刃先が弧を描くように煌《きら》めくのが妙にゆっくりと見えました。そしてそのまま、刃が恭一様の首筋を掻《か》き切り、まるで水道の蛇口が壊れてしまったかのように、一気に大量の血が噴き出したのです。

そこから数秒間の記憶が私にはございません。気づけば、濃い血の臭《にお》いに足が竦《すく》んでいました。臭いを認識した途端、反射的に口元を手で覆《おお》って、息を止めていました。それでも吐き気がこみ上げてきて、堪《こら》えるために小さく咳《せ》き込みました。生唾《なまつば》を飲み下し、不穏な蠕動《ぜんどう》を続ける胃を服の上から押さえると、胸部に触れた指先から激しい鼓動が伝わってきました。

一歩も動いていないのに息が切れて汗が毛穴から噴き出してきて、止めないと――と何とかそれだけを言葉にして考えました。震える腕を持ち上げたものの、この血飛沫《しぶき》すらかぶることのない距離で片手を挙げたところで誰に届くわけもないのだと遅れて気づいただけでした。そもそも何を止めればいいのだろう？　今さら？　滑稽《こっけい》なほどに大きく震える自分の指の先で視線が彷徨《さまよ》い続けていました。直視してはならないと本能が告げていたのかもしれません。見てしまったら目に焼きついてしまう。一生忘れられなくなってしまう。なのに少しずつ、まるで見えない力に操られているかのように、首がぎこちなく回って顔が臭いの中心へと向いていくのです。止めないと、と今度は自分に言い聞かせるように思い、乾いた唇をこじ開けました。けれど、唇を開いても喉《のど》からは声が出てこないのです。

混乱したまま、「先生」と呼びかけました。でもその声はひどくかすれていて、自分の耳にもほとんど響きませんでした。「先生」ともう一度繰り返したと思います。先生は微動だにしませんでした。ただ長い黒髪に血飛沫を浴び、細かな痙攣《けいれん》を続けている恭一様へ見開いた目を向けていました。

私は血溜《ちだ》まりの手前で立ち尽くしたまま、「救急車を」とつぶやきました。明らかに目の前の人物は息絶えており、救急車を呼ぶことは無意味だとわかっているのに。今思えば、あのときの私は血溜まりの中に踏み込めずにいる理由を探していたのだと思います。

血の臭いは濃度を増し、舌に苦味すら感じていました。むしろ、なぜこんな空気の中に生きている人間がいられるのかということが不思議でした。「先生、今、救急車を呼んできますからね」——返事を期待しないままそれだけを口にして、逃げるようにアトリエから飛び出しました。

当時よく電話を借りていた酒屋に駆け込んでも、すぐには事情を説明することができませんでした。電話を貸して欲しい、と口にすることすらままならなかったのです。結局電話をかけるまでにどのくらいかかったのか、いつ繋がったのかはわかりません。気づけば耳元からは「火事ですか、救急ですか」という声が聞こえていました。

そして、何とかひと通りの説明を終え、酒屋のご主人と一緒にアトリエに戻ると――既に二月先生の姿が見えなくなっていたのです。

結局、先生が逮捕されたのはその三日後でした。自宅から数百メートルほど離れた場所にあった空き家で倒れているところを発見されたのです。

先生が殺人罪で起訴されてもなお、私は先生が本当に殺人を犯したとは信じきれませんでした。はい、目撃したのは他でもない私であったのですが……それでもどうしても自分が白昼夢を見ていたようにしか思えなかった。先生自身がひと言も供述されなかったこともあるかもしれません。私は、何かの間違いです、とそればかり繰り返しておりました。

けれど、検察が調べるほどに先生の殺意は衝動的なものですらなかったことが証明されていってしまったのでした。ええ、まずは先生が発見されたとき、空き家の室内に百号の画布が三枚もあったことです。先生が発見された時点で描かれていたのは一枚だけですが、他にも手つかずの画布が二枚ありました。先程も申し上げましたが、百号とは私の身長よりも大きいのです。上手《うま》く担《かつ》ぎ上げれば女性一人でも移動させられないことはないでしょうが、三枚を一度に運ぶことは容易ではありません。また、いくら近くにちょうど空き家があったとは言え、私がアトリエに戻るまでの時間を考えれば二往復半したとは考えづらい。たとえぎりぎりで可能だったとしても、そんな目立つものを何度も運んでおきながら誰にも見咎《みとが》められないような時間帯ではありませんでした。

そもそもそんな近くに空き家があったことからして偶然にしてはでき過ぎているのではないか、というのが検察の主張でした。衝動的に夫を殺してしまった後、たまたま近所に空き家を見つけ、たまたま誰にも見つからずに三枚もの画布を持って逃げ込めた——そんなことがあるのか、と。

つまり、少なくとも犯行以前に場所を見繕っており、画布も事前に持ち込んでいたと考えるのが自然ではないかと言うのです。

さらに、前日までアトリエに置かれていたはずの猛《たける》くんの遺影が母屋《おもや》に片付けられていたことも、証拠の一つとして挙げられました。母として、夫を手にかけるところを死んだ息子に見られたくなかったからではないかと、検察の方はそう仰っていました。

そして何より、その空き家の中で「首から血を噴き出す男」というたった今目にした夫の姿としか思えないような絵を描いているのです。感情的になって匕首を手にしてしまっただけで殺意はなかったのだとしたら、殺害後にそんな行動に及ぶだろうか――そう問われると、私ももう何も言えませんでした。

ええ、あの絵が描かれた経緯は以上です。この話を聞いただけでも、凄《すさ》まじい執念で描かれた絵だと思いませんか？　失礼ですが、こちらの絵にそうした迫力があるように見えますでしょうか。……いえ、こちらこそご無礼を申し上げまして。ちなみに、こちらの絵はどちらでお買い求めに？　ああ、森さんのところで？　そうですか、たしかに森さんには二月先生の絵もお取り扱いいただいていましたけれども……あら、森さんのお孫さん。それは大変失礼いたしました。私もお祖父《じい》様には本当にお世話になりました。お祖父様は目利《めき》きでいらして、ええ、こう言っては何ですが、森様が最期《さい ご》まで手放さずにお持ちだったということは二月先生の絵ではなくても価値のあるものなのかもしれませんよ。ただ、私は二月先生の絵のことしかよくわからないものですから。よろしければ別の詳しい者をご紹介させていただきましょうか。はい。ではちょっともう一度拝見させていただいてもよろしいですか？　あ、少しわかりにくいですが、ここにサインのような――

ああ、申し訳ありません。あの、もしよろしければ、やはりこちらの絵を購入させていただけませんでしょうか？　いえ、二月先生の絵ではないことは間違いないのですが……そうではなくて、私が個人的に買い取りたいのです。私が買わなければならない気がするのです。ご提示いただいた全額は難しいですが、ある程度は本日すぐにお渡しさせていただきますので……そうですよね。いきなりどういうことかと思われますよね。仰る通りでございます。先程から不躾《ぶしつけ》なことばかり申し上げまして……わかりました。それでは、少し話は長くなってしまいますがよろしいですか？　はい、こちらの絵と――たった今お話しした事件に関することです。誤解のないように、私が知る限りのことを順番にお話しいたしましょう。

＊

私が初めて先生の――浅宮二月先生の名前を知ったのは、まだ二十歳になったばかりの頃でした。

当時私はある御宅の家政婦として働いていたのですが、そこの旦那様の趣味が絵画鑑賞で、よく美術展覧会や百貨店の美術画廊へ同伴させていただいていたのです。旦那様はとても絵に詳しく、一つひとつの絵について解説してくださいました。その画家はどんな流派のどんな人物なのか、その作品はその画家にとってどういった位置づけのものなのか、画壇ではどんな評価を受けていて、取引される相場はどのくらいのものなのか。どれも私にとっては触れたこともない世界の話ばかりで、大層楽しく、新鮮な心持ちで聞いておりました。

それでも何回か足を運ぶ内に、少しずつではございますが絵の見方がわかってきます。旦那様のご指導のおかげもあり、著名な画家の作品は説明されずとも区別がつくようになってきました。少しわかるとその分愛着も湧《わ》いてきます。旦那様にお借りした画集に載っていた作品を見つけたりするとそれだけで嬉《うれ》しくなって、はしゃいでしまうこともございました。

旦那様はすべてを鑑賞し終えた後に必ず「どの絵が一番好きだったか」とお尋ねになるのですが、私が答えるのはいつもその展覧会の目玉になっている作品ばかりで、そのたびに旦那様は苦笑しておられました。「おまえは本当に雰囲気に弱いのだね」と言われたものです。

実際——これは後になって知ったことなのですが——展覧会では目玉の作品で最も鑑賞者の気持ちが盛り上がるよう、陳列構成や照明の当て方、順路や空間の取り方などが工夫されているものです。目玉となる作品に対しては他の鑑賞者の反応も大きく、それこそ雰囲気に流されてしまえば好き嫌いは別にしても一番印象に残った作品になるものなのです。

そういう意味でも、旦那様のご指摘は正しかったのでしょう。私は馬鹿《ば か》正直なまでに毎回雰囲気に流され、旦那様に「おまえは教え甲斐《がい》があるんだかないんだかわからないね」と言われておりました。旦那様が気に入られるのは所謂《いわゆる》新進気鋭の方の作品が多く、私にはいまひとつ良さがわからないことがほとんどだったのです。

けれど旦那様はそれで私を展覧会へ連れて行くのをやめるということもありませんでした。旦那様は「みんなが好きになるものを好きになることは悪いことではないよ」と言ってくださいました。「多くの人の琴線に触れるというのは、それだけその絵に力があるということだからね」と。私は、そんな旦那様の元で様々な絵に出合える幸せを噛みしめておりました。

しかしそんなある日、私は旦那様が「この絵には力がある、この画家はこれから注目されていくはずだ」と力説する絵を「嫌いだ」と思ってしまいました。

一言で言えば、その絵はグロテスクだったのです。けれどそう言いきってしまった途端、これをグロテスクだと表現するのは間違っているという思いもこみ上げてくるとでも申しましょうか。だったら何なのかと問われれば未《いま》だに答える言葉を持たないのですが……人から言葉を奪う絵が存在するのだということを、私はその絵を見て初めて思い知ったのでした。鑑賞方法がわからないからでも、その絵のモチーフが判別できないからでも、まったく心が動かされないからでもなく、感情は驚くほどに揺さぶられているのに、ただ言葉が出てこないという経験は初めてだったのです。

親子像、というタイトルの作品です。壮絶、といいますか……いえ、やはり言葉で表現しようとすればするほどに離れていってしまう気がしますね。タイトルの通り、親子を描いた作品ですよ。親と子が抱き合っている姿です。性別はわかりません。父なのか母なのか息子なのか娘なのか。その人物には髪の毛も性器もないからです。正確に言えば顔もありません。生皮を剝がれたような肌の質感が、分厚い油絵の具の盛り上がりで表現されているのです。筋肉の繊維が刻まれ、赤黒い血が滴《したた》るほどに滲んでいる。実際に皮を剝がれた人間など目にしたことはないのに、そうだとわかってしまう。見てはならない、見たくない、なのに見ずにいられない。本能に訴えかけてくるような強さに、私はほとんど泣いてしまいそうでした。

いいえ、ただ辛《つら》いだけではないのです。親子の顔には表情を判別するためのパーツなどほとんどないはずなのに、なぜだかその大小の二人の人物がお互いにとても愛《いと》しいものを見つめているのだとわかる。けれど同時に、それがもう失われつつあるのだということもわかってしまう。

それが浅宮二月先生の絵だったのです。

結局、私は嫌いだと言いながら、展示室を出る前にもう一度観《み》に戻ってしまっていました。

そしてそれ以来、ほとんど取り憑《つ》かれるようにその美術画廊に通い詰めるようになったのです。とは言え、仕事が終わる頃には百貨店が閉まっていることも多く、行ける回数も限られていました。しばらく行けない日が続いて悩んだ挙句、旦那様に相談すると、旦那様は面白がって早退《はやび》けさせてくださいました。「そうか、そんなに気に入ったのか」と言われたものの、うなずくことはできません。「どうしても気になって」とだけ答え、旦那様のお屋敷から徒歩で三十分ほど離れた百貨店に走りました。

けれど既に展覧会の会期は終了しており、目にすることは叶《かな》わなくなっていました。旦那様に尋ねても、彼女は数年前に大きな賞を獲《と》っているものの、その割に露出や作品数が少ないということがわかったのみ。彼女の所属画廊に問い合わせてもくださったのですが、過去の作品は完売しており、新作は問い合わせが多数来ているにもかかわらずこの三年間一つも完成していないという話でした。

悄然《しょうぜん》としている私を旦那様が呼びつけられたのは、私が先生の絵に出会ってから約半年後のことだったと思います。そんなに気になるのなら蜷山《になやま》画廊に行ってみるか、と旦那様は仰いました。ただし、それは蜷山画廊に客として出向く旦那様に同伴する、という意味ではありませんでした。家政婦を辞め、蜷山画廊で——今で言うアルバイトのような立場で働かないかというお話だったのです。

両親からは反対されましたし、私自身とても迷いました。当時私が家政婦をしていたのは、嫁ぎ先から離縁されて出戻ってきた私が何とか父親の伝手《つて》で得た仕事だったのですから当然です。第一おまえには絵のことなんてわからないだろう、そういう仕事は目利きがやるものだよ、と諭されもしました。それでも最終的に決断したのは、旦那様が「仕事内容は今とほとんど変わらないよ」と仰ったからです。仕事はその画廊が世話をしている画家の家の家事と育児、仕える先が変わるだけだ。ちなみに新しい主《あるじ》は浅宮二月氏だよ、と。

ええ、とても優しい旦那様でした。ですが、本当のところ旦那様が得意客として無理を通した、というわけでもなかったようです。

その頃、二月先生はスランプに陥っていらして、そこから抜け出すきっかけを作るために、担当者を敢《あ》えて画廊の人間らしくない女性に代えてみようという話がちょうど持ち上がっていたというのです。

先生のスランプは、出産されて以来ずっと、とのことでした。もちろん、画廊としても最初は産休のようなつもりで見守っていたといいます。女性が出産を機に作風を変えることは珍しいことではない。そして作風が変わる時というのは得てしてスランプに陥るものだ、と。けれど一年が経《た》ち、二年が経つ頃にはそうも言っていられなくなりました。このままでは支援を打ち切らざるを得ない。画廊内にも、もう彼女は駄目だという声とせめて次の一作が描き上がるまでという声があったそうです。私が観に行った展覧会は、先生に発破をかけるため――有り体に言えば、最後通牒《つうちょう》のような意味合いで開催されたものでした。作品を展示してみて、売れなければそれまで、売れてさらに注目が集まるようであればそれが刺激になるかもしれないという考えだったというのです。

結論から言えば、二月先生の絵は即座に売却され、先生への支援は首の皮一枚で繋がりました。けれど、果たしてそれは幸せなことだったのでしょうか。私には今でもよくわかりません。

元々、先生の絵の持つ迫力は幼少期の壮絶な体験から来ていると言われていました。

先生が七歳の頃にご両親とお姉様が亡くなられる事件があったそうなのです。あ、この話は聞いたことがありますか？　まあ、たしかにそれなりに有名な話ですからね。インターネット上の百科事典？　今はそんなものがあるのですか。存じ上げませんでした。そちらには何と？……なるほど、概要はそれで合っていると思います。ただ一点違うのは、犯人は先生に気づいていたということです。

最初にお父様を殺害し、次にお姉様を殺害し、最後にお母様を殺害した。家族の中で一番小さかった先生だけは助かった。そこに間違いはありません。ですが、それは犯人が先生の存在に気づかなかったからではないのです。先生はどこかの物陰に隠れていたわけでもなければ、音も立てずに別室で眠っていたわけでもない。夜中にお母様の叫び声を聞いて目を覚まし、お姉様と手を取り合って居間まで様子を見に行ったといいます。するとそこには、匕首を手にした覆面の男が立っていて、床にはお父様が血まみれで倒れていらした。ただし、そのときはまだ息があったのです。苦悶に満ちたお父様の呻《うめ》き声を掻き消したのは、お姉様の悲鳴でした。そしてすぐさま犯人の刃はお姉様へと向かいました。それは本当にあっという間の出来事だったと――先生は何も言えず、指一本動かすことすらできず、ただ呆然と立ち尽くしていたそうです。繋いでいたお姉様の手が離れ、お母様が先生をかばうように抱き寄せると、犯人はその背中から斬《き》りつけました。先生はそれを間近で見ていたのです。お母様の腕の中にいたのですから、衝撃すらその身に感じたことでしょう。けれど、犯人はその後先生を傷つけようとすることはありませんでした。ただ、息絶えていくお母様に覆いかぶさられるようにしながら目だけを見開いている先生の前で、黙々と引き出しを開けていき、金銭を奪っていったのです。

犯人がそのとき盗んでいったのは百円です。当時の価値から言えば時計職人をしていらしたお父様の月収の二カ月分程度に当たる額ですから、決して少なくない額でしたでしょう。でも、だからと言ってそれが三人もの命を奪った動機としてうなずけるものですか？——やめましょう。また先程と同じ話になってしまいます。ええ、つまり先生はほとんどそのまま殺されてしまってもおかしくない状況にいたのです。むしろ犯人はなぜ先生にだけは何もしなかったのかということの方が疑問でした。犯人は逮捕後、幼い子供を傷つけるのは忍びなかったと供述したといいますが、それを言うのならお姉様だって充分に幼い子供であったはずです。先生と二つしか歳《とし》が違わなかったのですから。お姉様は悲鳴を上げ、先生は声を出さなかった。だから単に作業の邪魔にならないと踏んで手にかけなかっただけだろうとも、既に匕首は三人もの血と脂を吸って使い物にならなくなっていたのではないかとも言われていますが、本当のところ何が真実かはわかりません。

いえ、先生の旦那様、恭一様からうかがった話です。恭一様は先生が事件後に引き取られた親戚《しんせき》の家のご長男で、事件についてもよくご存知でした。もちろん恭一様も誰彼構わず事件のことを触れ回っていたわけではございません。私は先生のお側《そば》でお世話をさせていただいておりましたので、おまえも知っておいた方がいいだろうということでお話しくださったのです。

お話を聞いて驚きましたが、何だか納得してしまうような気もいたしました。だからこそ先生の絵にはあれほどまでに観る者の心を揺さぶる力があるのではないか。私が衝撃を受けた親子像は、その事件当日の先生とお母様の姿だったのではないか。先生の絵を描く原動力は惨《むご》い過去とその記憶にあるのではないか、とそんな風に愚考したりもしました。

ですから、先生が絵を描けずにいるというのはある意味ではとても喜ばしいことなのかもしれないと考えもしました。辛くて哀《かな》しい過去から解き放たれ、今ある幸福に目を向けられているということですから。先生が恭一様と結婚されて、ご長男の猛くんを出産されてからスランプに陥っているというのも、そのことの証左に思えました。

ええ、私が初めて二月先生とお会いしたのは新緑の季節だったのですが、瑞々《みずみず》しい緑の下で微笑《ほほえ》む先生は絵の獰猛《どうもう》さからは想像もできないほどに穏やかで華奢《きゃしゃ》で、何だか少し拍子抜けするような思いを抱いたのを覚えています。

絵は描けないかもしれないけれど、女としての幸せを得て、日常を豊かに過ごされているのならばそれでいいのではないか――そう考えてしまう私は、画廊に雇われた人間としては失格だったのでしょう。けれどそうした私だったからこそ、二月先生も心を開いてくださったのかもしれません。私が先生のお世話をさせていただくようになって三月《みつき》が経つ頃には、大切な猛くんのお世話もさせてくださるようになりました。

猛くんは本当にかわいらしいお子さんでね、私も大好きでした。お名前に似合わず引っ込み思案で人見知りなところがあったのですけれど、その分一度気を許した人間にはとことん甘えると言いますか。さっちゃん、さっちゃん、と――ええ、私のことです――それはもう無邪気な笑顔を向けてくださいまして、私も、もし離縁した夫との間にできた子供が生きていれば今頃このくらいの歳頃になっていたのではないかと考えたりもしました。時には先生と猛くんと私の三人で山菜採りに出かけて、採ってきた蕨《わらび》やたらの芽やたんぽぽや山独活《やまうど》や蕗《ふき》の薹《とう》なんかをわいわい洗って調理したりして。本当に楽しい時間をたくさん過ごしました。

その頃の私は、ほとんど先生の家の家政婦のような立場で、蛯山画廊のために絵をいただくというお仕事は恭一様を相手にしかしておりませんでした。ええ、旦那様の中村恭一氏も絵を描く方だったのです。もっとも、画家というよりは今で言うイラストレーターのようなお仕事で、基本的には注文された絵を〆切までに上げるというものだったので私が間に入るほどのこともなかったのですけれど。

そう言えば、先生が絵を始められたのも恭一様の影響があったようですね。僕が教えたのにあっという間に僕を超えていってしまってね、と恭一様が苦笑しておられたことがあります。そのたびに先生は、わたしはあなたがいなければ絵を描くことなんてできないのだと言い募られていて……私などは、先生であれば恭一様と出会わなくてもいつかは絵を描いていたように思うのですけれど。二月先生は著名な賞を獲り、大手画廊である蜷山画廊がつくという、当時の画家としてはかなり成功した地位にいらっしゃいました。対して恭一様は器用な方ではあったので、それなりに量を描けば何とか食べていけないこともなかったのですが、先生と恭一様との差は歴然としていたと言いますか……いえ、この言い方は語弊があるかもしれませんね。別に恭一様の絵の方がレベルが低いという話ではないのです。依頼主に要求されたものを決められた期限内できちんと形にしてみせられるのは素晴らしい能力ですし、誰にでもできることではありません。たとえば二月先生には到底できないことでしたでしょう。ただ種類が違ったという話なのです。

けれど恭一様はよく、僕は妻に負けているという表現を使われていました。先生の前で、です。厳しい〆切を申し渡されたり料金を値切られたりすると、まあ僕は先生とは違いますからね、と冗談めかした口調ながら仰っていたりしたのです。そしてその一方で、僕には先生の絵の良さがよくわからないんだよなあ、とも仰っていました。そりゃあ悲惨な絵を描けば衝撃を与える作品にはなるだろうけど、そこまで露悪的になる必要があるのかなあ、と。

もちろん、先生は敢えて露悪的になっておられたわけではないはずです。どうしても描かざるを得なかったから、そうして吐き出してしまわねば生きてこられなかったから、描いておられただけだったでしょう。けれど、それが恭一様にはわからないのだ、と私は思いました。彼はあくまでも自分の物差しでしか測れないのだから、と。

私はやがて、先生が新作を描けないでいる理由は、ただ幸せになったからというだけではなく、恭一様を立てるためなのではないかと思うようになりました。恭一様の顔を潰《つぶ》さないようにするために、無意識の内に力を制御してしまっているのではないかと。もちろん、自覚はしておられなかったでしょう。先生はスランプに苦しんでいたし、本当に困っておられました。ごめんなさい、と私にも何度も謝られて……そうしている間に支援を打ち切る期限が迫ってくると、私も内心では焦りを覚え始めました。

それまでにも蜷山画廊の方々に責められたり怒られたりすることはあったものの、それほど気にならなかったのですが、いざ支援を打ち切るとなればもう中村家に仕えることはできなくなると思うと身を切られるような思いがいたしました。お願いします、先生。一枚でいいんです。そうでないと、私はもうここにいられなくなってしまいます。そう言って先生の前で泣いてしまうこともありました。

先生も涙を流しながら幾度となく画布に向かってくださいました。パレットに絵の具を出し、絵筆を構え――けれど、その先が続かないのです。最初に画布に置く色を決めることができないのか、パレットの上で延々と色を合わせる日々が続きました。とにかく思いきって描き始めてしまえば手が動くのではないかと進言したこともございましたが、やはり画布に筆を乗せたところで動きが止まってしまうのでした。色が決まらないのなら、油絵ではなく素描をしてみたらどうかと紙と鉛筆をお渡ししたこともございます。けれど先生は、絵を描き始めた頃から素描や下描きでは上手くご自分の中の熱量を吐き出すことができなかったというのです。実際、先生は歯を食いしばり、ぶるぶると震える手で鉛筆を紙に押しつけながらも、意味のある形を描くことはできませんでした。

先生のその姿を直接見たことがない人の中には、どうせもう描く気がないのだろう、と口元を歪《ゆが》めて言う人も少なくありませんでした。所詮《しょせん》女だからね。死に物狂いで描かなくても旦那に養ってもらえばいいんだろう。本当の意味で切羽詰まってはいないんだよ。お嬢様の手遊びってやつだ、とまで言う人もいたくらいです。

私はそんな言葉を耳にするたびに、相手を怒鳴りつけてやりたくなりました。あんたたちは二月先生がどれほど苦しんでいるか知らないからそんなひどいことが言えるんだ、と。先生は充分に切羽詰まっていました。ええ、そりゃあ猛くんと遊んでいる最中は笑顔も見せますよ。ですが、先生の頭からは絵のことが片時たりとも消えていなかったはずです。

先生はよく、「わたしは絵を描かなければ生きている価値がないのに」と仰っていました。どうしよう、こんなことをしている場合じゃないのに。描かなければならないのに。あなたにも両親にも姉にも恭一さんにも猛にも申し訳ない。どうして画家になどなってしまったんだろう。どうして絵なんて描き始めてしまったんだろう。描けなくなってしまうくらいなら、初めから描いたりなどしなければ、せめて普通の妻や母でいられたかもしれないのに、と。

……実は、先生は自殺を図られたことすらあるのです。包丁で右手首を切られて──幸い傷は浅く、大事には至りませんでしたが、死を選ぶにしても敢えて利き腕を傷つけようとされたことに、私は震撼《しんかん》いたしました。先生にとって絵を描き続けるということは、それほど重く苦しいことなのだと気づかされたのです。そしてさらに慄《りつ》然《ぜん》としたのは、先生にとって絵をやめることは描き続けること以上の苦痛を伴うものなのだということでした。

私のような人間からすれば、そこまで辛いものなのであればいっそのことやめてしまうという選択肢もあるように思えてしまうのですが、どうやらそういうものではないようなのです。私を含め、先生を取り巻く人間関係のほとんどは、先生が画家であることを前提に成立しているものでした。もちろん猛くんと恭一様は例外でしたが、それ以外の人間は先生を「中村二月」ではなく「浅宮二月」としてしか認識していなかったのです。また、先生は絵を描くことで亡くなったご両親とお姉様とも繋がることができていました。先生にとって、絵をやめるということは、そうした他者との繋がりが絶たれることでもあったのかもしれません。

続けても地獄、やめても地獄──どうして絵なんて描き始めてしまったんだろう、という先生の言葉が何度も脳裏に響きました。

このままでは、二月先生は駄目になってしまう。

それは不安というよりも確信に近いものでした。そしてそう認識した途端、私は結局ここに来てからの二年間で何一つできなかった自分というものを突きつけられることになったのです。私は一体何をしにここにやって来たのだろう。ただ猛くんと遊び、先生の話し相手になり、それ以前にやっていた家政婦の仕事と何ら変わらない仕事をするためだけに、わざわざ両親の反対を押しきって蜷山画廊に入ったというのだろうか。否《いな》、という答えがすぐに浮かびました。私は中村家の家政婦になるためにここに来たわけではない。私は、浅宮二月先生に絵を描かせるために来たのだと、そう遅ればせながら再認識したのです。

とは言え、私にできることは限られておりました。絵を描かせると言っても、先生の腕を取って無理やり絵筆を握らせたところで意味はありません。第一、そこまでなら既に先生自身がご自分の意志でされているのです。なのに、描けない。だったらどうすればいいのか——私はまず、先生と猛くんを母屋と離れに引き離しました。猛くんに事情を説明した上で私が完全にお世話をする態勢を作り、先生には会わせないようにしたのです。その上で、私は残酷なことだと知りながら、先生に幼い頃の事件について尋ねていきました。先生自らの口で語っていただくことで、記憶が蘇《よみがえ》って絵を描く動機になるのではないかと考えたのです。ただ、結局ほとんどお答えいただけなかったのですが……。

そうした日々が一週間過ぎ、半月経っても、相変わらず先生は描けないままでした。先生は痩《や》せ細り、衰弱していくにもかかわらず、絵の方にはまったく変化が見られなかったのです。そうこうしている内に、支援を打ち切る期限はひと月先にまで迫ってきました。もはや、これまでか。そんな気持ちが頭の片隅に浮かびかけた頃——中村家が火事になったのです。

その日は二月先生のお誕生日でした。

二月の二十八日です。——ああ、浅宮二月という名前は雅号ではありません。浅宮という苗字《みょうじ》は中村家に引き取られる前の姓ですが、二月というのは本名です。二歳上のお姉様が五月生まれで五月《さつき》だったことから、先生も同じように二月と命名されたということでした。五月以外にも一月で睦月《むつき》、三月で弥生《やよい》などでしたらそれほど珍しくもないでしょうけれど、二月生まれでそのまま二月ですからね。珍しいお名前でしょう？　私はね、先生が一月や三月や五月ではなく二月に生まれたことに、何かしらの運命めいたものを感じるんです。あまり本名らしくない変わった名前こそが、先生の数奇な人生を形作ってきたのではないかと。

ええ、それでその日は先生の三十四歳のお誕生日だったのです。ちょうど恭一様が仕事の都合で遠方に出かけられることにもなっていましたし、その日ばかりは絵のこともお休みしようという話になりました。そうですね、先生が猛くんとお会いになるのは大体ひと月ぶりだったでしょうか。

猛くんもそれはそれは張り切っていて、私は数日前からお誕生日祝いの準備をこっそりしてお母さんをびっくりさせたいのだという相談を受けておりました。猛くんはお手紙を書き、私はちらし寿司《ずし》とケーキを作ることになりました。大きな三本の蠟燭《ろうそく》と小さな四本の蠟燭も用意し、当日の朝、目を覚ますなりそわそわし始めた猛くんに準備が整った旨《むね》を耳打ちしました。ですが、猛くんは起き出してきて部屋を見るなり「飾りつけは？」と言いました。どうやら行き違いがあったようで、猛くんは私が夜中の内に部屋の飾りつけもしてくれると思っていたようだったのです。泣き出しそうになった猛くんに慌《あわ》ててお花紙を使った飾りの作り方を教えると、猛くんは夢中になって飾りを作り始めました。けれどそのとき、母屋の方から猛くんを呼ぶ先生の声が聞こえてきたのです。

ひとまず飾りを見えない場所にしまい込み、猛くんは先生の元へと走っていきました。そして突然、「僕、鰻《うなぎ》が食べたい」と言い出したのでした。先生は驚いたようでしたが、猛くんは譲りません。どうしても食べたい、今がいい、と繰り返すのです。私にもさすがにピンときました。猛くんは何とか先生を買い物に行かせてその間に飾りつけを進めたいと考えたのでしょう。滅多に我儘《わがまま》を言うような子ではありませんし、そもそも久方ぶりの再会なのですから、先生も猛くんがただ我儘を言っているわけではないことにはすぐに気づかれたようでした。鰻は先生の好物でしたから、自分が食べたいと言うことで母親に食べさせてあげようと考えたのだろうと解釈されたのでしょう。先生は柔らかく微笑み、私に向かって言いました。

「申し訳ないけれど、買ってきてもらえるかしら」

基本的に買い物は私が担当していたのだから当然です。どう答えたものかと思案していると、猛くんが「お母さんも行ってきて」と駄々をこね始めました。ここで、先生は完全に猛くんの意図を察したようでした。元々、こっそりとお誕生日祝いの準備をしておいて驚かせる、というのは二月先生が猛くん相手にしていたことなのです。気づかないでいろという方が無理な相談だったのかもしれません。

結局、そのままの流れで先生と私の二人で買い物に出かけることになりました。後から考えれば私は家に残ればよかったのでしょうが、先生だけを家から追い出すような形になってしまうと不自然な気がして何となく言い出せなかったのです。結局、絶対に家からは出ないということだけを約束して、猛くんにお留守番をしてもらうことになりました。

実は猛くんを抜きにして先生と二人で外出すること自体が初めてで、少し不思議な心持ちがしたのを覚えています。けれど決して気詰まりな時間ではありませんでした。久しぶりにアトリエから出て風に当たっている先生が終始上機嫌で、くすくすと笑い声まで上げておられたからかもしれません。

「ねえ、あの子は何を企《たくら》んでいるの」

「さあ、何のことですか」

私はしらばくれてみせ、先生もそれ以上は訊《き》きませんでした。私たちはわざと時間をかけて鰻を選び、ゆっくりと回り道をしながら帰路につきました。二人で示し合わせたわけではありませんが、できるだけ猛くんに準備の時間をあげたいと思ったのです。

先生は道端で野花を摘み、かわいらしい花束まで作っておられました。猛くんの好きな鮮やかな黄色の福寿草をメインに据えた小さな花束です。——実のところ、ここから先の記憶は所々曖昧《あいまい》なのですが、この花束は今でも鮮やかに記憶に焼きついています。まるで色とりどりの金平糖を集めたかのような楽しげな花々が絶妙なバランスで半球の形を作っていて——それが、散り散りに地面へと落ちていく姿まで。

最初に感じた異変は煙の臭いでした。焦《こ》げ臭いなと空を見回し、黒い煙を見つけて息を呑《の》みました。このときには、中村家の方からだ、とわかった途端、血の気が引いていくのを感じました。このときには、ただ方角が一致していただけにすぎないのに、なぜでしょう。燃えているのは先生の家だ、とほとんど確信していたのです。

もちろん何か心当たりがあったわけではありません。猛くん一人がいるだけのはずの家の中に火種があるとも思えませんでした。けれどそれでも、どうしてだか先生が無関係であるはずがない、無傷でいられるはずがないと直感してしまったのです。自分でも理屈はわかりません。強いて言葉で説明するならば、先生の人生が数奇なものであると知っていたからでしょうか。

火事の原因ですか？　蠟燭です。これは現場の状況から推測されたことらしいのですが、もしかしたら猛くんは蠟燭の灯りだけで先生を出迎えようと考えていたのかもしれません。部屋の電気は消えていて、火元のそばには数本の蠟燭や毛布の燃えかすが残っていたということでした。おそらく蠟燭に火をつけ、部屋の電気を消したところで誤って蠟燭を倒してしまったのでしょう。それがお花紙か何かに燃え移り、慌てた猛くんが毛布をかぶせてしまったことでさらに燃え広がってしまった。大人が一人でもいれば大事《おおごと》にならない火種だったはずです。けれど、家の中には猛くんしかおらず、猛くんは火を消す方法を知らなかった。それでも何とかしなくてはと奮闘している内に火は大きくなり、身動きが取れなくなってしまったということだったようです。

先生と私が駆けつけたとき、既に家の前には人だかりができていました。あ、中村さん、と誰かが声を上げたはずです。

「よかった、出かけていたのね」

「猛は？」

「猛くん？　一緒じゃないの？」

先生の手から花束が落ちたのはそのときでした。

先生は答える代わりに家に向かって走り出していました。私は止めることができませんでした。いえ、その場にいる誰も止められなかったのです。それほどまでに先生の動きは素早く、迷いがないものでした。

ですが、やはり何としてでもお止めすべきだったのでしょう。そうすれば、せめて先生は猛くんが炎に包まれて焼け死んでいく姿は目撃せずに済んだのですから。

先生は、「母はわたしを命懸けで助けてくれたのに、わたしは猛を助けることができなかった」と仰っていました。自分だって命を懸ければ助けられたんじゃないかと。けれど先生は炎の中に飛び込んで猛くんを引きずり出し、ご自身も全身に大火傷《おおやけど》を負われたのです。それ以上のことが先生にできたとは思えません。そうでしょう？

――先生の嘆きようは凄まじいものでした。火傷の治療で静養されなければならないのに飲まず食わずで泣き通しで……先生が日に日に痩せ細っていき、弱っていくのがわかりました。あのとき家を出なければ、猛を一人にしなければ、せめて買い物をして真《ま》っ直《す》ぐに帰っていれば。私ですら激しい後悔に苛《さいな》まれたのですから、先生のそれは比べ物にならないほど大きく深いものだったでしょう。先生が猛くんの後を追おうとしているのが、目に見えるようでした。

だけど、私はそれが嫌でした。先生に死んで欲しくなかった。どうしても。だから私は言ったのです。先生が死ぬことで猛くんに償おうとしているのだとしたら、それは私にも死ねと言っているのと同じことですよ、と。

ええ、その後のことは……そうです。先生が選んだのは再び絵を描くことでした。ある日突然病室を抜け出したと思ったら、新しく借りた家の、恭一様の仕事場になっていたアトリエで画布に向かっているところを発見されたのです。

火傷跡の残るやつれた顔と骨が浮き出た身体は明らかに病人のものでしたが、絵筆を握る先生の立ち姿には不思議と生気が漲《みなぎ》っているように感じられました。目が爛々《らんらん》と輝き、まるで画布に襲いかかるかのように絵筆やパレット・ナイフを叩《たた》きつけていたのです。絵の具を削る音だけが静寂の中に響き、私は声をかけることもできませんでした。

結局、先生は立て続けに三枚の絵を描き、また倒れられて病院に搬送されました。描き上げられた絵は、すべて地獄絵です。炎に焼かれて絶叫する人々の絵で——先生の鬼気迫る姿以上に凄まじいものでした。いえ、先生の様子から凄まじいものが描き上がってくる予感がしたからこそ、私は入院が必要な状態の身体で画布に向かい続ける先生を止めなかったのかもしれません。

私は、最初に観た先生の絵を思い出していました。どうしてももう一度観たくて、仕事を早退させてもらってまで観に行ったあの絵。両親に反対されながら、居心地の良い職場を辞めてまで得た浅宮二月先生の担当という立場。実際にご本人に会って、絵の話よりも猛くんの話をすることの方が増え、まるで歳の離れた友達のような関係を築いてきたような錯覚を覚えていたけれど、私は先生の友達ではあり得なかったのだと思い知りました。私はもう一度先生の絵が観たかった。たとえそれで先生がどんな傷を負おうとも。

先生はその後も繰り返し地獄絵を描き、その中に炎に追われて叫ぶ幼子の姿を描きました。それは、現実を何とかして受け止めようとする叫びだったのでしょう。あるいは、そこまではっきりとした意図があったわけではなく、とにかく脳裏に焼きついて消えることのない記憶を吐き出さずにはいられなかったのかもしれません。

先生が描いた新作には、どれもそれまでの五年間分の投資を回収しても余りあるほどの高値がつきました。ええ、たしかに惨い絵なのですが、なぜか必ず二月先生の絵には狂信的な支持者が現れるのです。考えてみれば不思議なことではありますね。平穏な生活に飽いた人が不幸を覗《のぞ》き見するような感覚で買い求めるわけではないのです。むしろ、二月先生の絵を高額を注ぎ込んででも手に入れようとする人は、大抵先の戦争で親しい人を亡くされたという方ばかりでした。

ですが、気持ちはわかるような気がいたします。私も、子供を流行病《はやりやまい》で亡くしたことがあるものですから……子供が目の前で苦しんでいるというのに私は何もしてやることができませんでした。ええ、誰が悪いという話でもありません。けれど私はいつまで経ってもそのときの子供の泣き声を忘れることができませんでした。結局夫と離縁して家を出てからも。

だからこそ、私は二月先生の絵を最初に目にしたとき、ほとんど拒絶反応のように「嫌いだ」と思ったのかもしれません。先生の絵は、私が必死に蓋《ふた》をしようとしていた記憶を掘り起こす力を持っていたから。怖い、と思いました。これ以上観てはいけない。私はまた自分を保てなくなってしまう、と。なのに、どうしても観ずにいられなかった。嫌だと思いながら、それでも目が先生の絵を探し求めてしまったのです。見えない何かに操られるようにして先生の絵に触れている内に、やがて私は少しずつ自分の中の何かが癒やされていくのを感じました。何と言えばいいでしょうか。私は一人ではない、と思えたのです。それまでは、「子供を失ったのは私だけではない。もっと辛い亡くし方をした人もいくらでもいる」と何度自分に言い聞かせても決して和らぐことのなかった思いが、静かに溶け出していくのを感じたのです。

戦後十年ほどしか経っていなかったあの時代、二月先生の絵を必要とする人は少なくありませんでした。それ自体が悲しいことだったのかもしれませんが……とにかく、蜷山画廊が援助を打ち切るという話は忽《たちま》ちなくなりました。

けれど、先生の絵が評判になると同時に、火事の件も話題になってしまいました。誰が言い出した話なのか、「現代版の『地獄変』のようだ」と言われるようにもなってしまったのです。

ええ、芥川龍之介が『宇治拾遺物語』の「絵仏師良秀」を基に書いたという短篇小説です。「地獄変」の屏風絵《びょうぶえ》を描くように命じられた良秀が真に迫った描写をするために弟子を鎖で縛り上げ、耳木兎《みみずく》に突かせ、さらには仕上げとして燃え盛る牛車の中で焼け死ぬ女の姿を見たいと言い始める——既にこの段階で二月先生の場合とはまったく違う話なのですが、噂をする者たちはそうしたことには目を瞑ってしまうのでしょう。良秀の願いを受けた大殿がよりによって良秀の愛娘《まなむすめ》を車に閉じ込めた上で火を放ち、良秀は車の方へ駆け寄ろうとはしたものの、炎が燃え上がると同時に足を止めてしまう——これだって、二月先生とは違います。二月先生は足を止めることなく燃え盛る炎の中へと飛び込んで行ったのですから。

ですが、家の中での先生の姿を見た人間はいないのです。だからこそ、娘が苦悶の声を上げて焼け死んでいく様を何もせず怒ることとすらなく、それどころかどこか恍惚《こうこつ》とした表情で眺め続けたという良秀の姿と、勝手に想像の中で重ねる人間がいたのでしょう。本当のところ、先生と良秀の共通点は、画家であることと、最愛の子供を亡くしたこと、その焼死する瞬間を目《ま》の当たりにしたこと、そしてその瞬間の地獄を炙《あぶ》り出したとしか思えないような絵を描いたことしかありません。なのにそれだけで、先生はまるで傑作を描くために子供の命をも利用したかのような言い方をされてしまったのです。

……ええ、蜷山画廊の人たちも例外ではありませんでした。その方が絵の価値が上がるからです。さらに蜷山画廊は、先生が良秀のように自死することを見越してすらいました。このまま物故作家になるかもしれない、そうすれば死後際限なく値上がりするだろう、そう考えて先生の絵をすぐには売らずに手元に置くことにしたほどだったのです。

でも、先生は自殺はしませんでした。恭一様の方が先生よりもさらに憔悴《しょうすい》していたからです。ほとんど食事も摂《と》れず、不眠もひどいということで服薬もしていたのですが、薬の量を勝手に増やしてしまって病院に運び込まれることも一度や二度ではありませんでした。元々大らかな人柄というわけではなかったものの、それなりに穏やかで常識的な人づき合いができる方ではあったはずなのに、すっかり面変わりしてしまって……先生としても、これで自分まで死んでしまったら恭一様がどうなるかわからないと感じられたのかもしれません。

恭一様は落ち窪《くぼ》んだ目で絶えず辺りをうかがうようになり、私にも剝《む》き出しの敵意を向けるようになりました。どうして猛を一人にした。飾りつけをするにしてもおまえは残ればよかっただろう。全部おまえのせいなんじゃないか、と。

私は否定することができませんでした。恭一様の言う通り、猛くんを一人にさえしなければこんなことにはならなかったのですから。

ええ、火事は本当に事故ですよ。警察の方が捜査もされましたけど、失火ということで事件性はないと判断されました。それでも恭一様としてはそれで気持ちを収めることはできなかったのでしょう。恭一様はとても猛くんをかわいがっておられましたし……そうですね、ほとんど生き甲斐のようにしておられました。僕が後世に残せるのは猛くらいだからね、と仰っていたこともあったほどです。それが突然、しかも自分が家を離れている間に失われてしまったのですから、やり場のない気持ちをぶつける相手を探したとしても無理はありません。

ただ辛かったのは、それで二月先生との関係もぎくしゃくしてしまったことです。先生自身が私に責《せめ》を問うようなことはありませんでしたが、それでも恭一様が毎日私のことを悪く言っていればやりづらくもなるでしょう。

それに——あの火事の前、私が先生と猛くんを絵のために引き離したりしていなければ、二人は別々に生活するようなこともなく、せめてもう少し時間や思い出を共有できたはずなのです。本当に、それについては言い訳のしようもないほど申し訳ないことをしてしまったと思っております。

　また、先生としては猛くんの絵が売れてお金になったことで、まるで猛くんの死をお金に換えてしまったような罪悪感に囚《とら》われもしたようです。ええ……そうですね、たとえば事件や事故で子供を失った親が賠償金を受け取ることを躊躇《ためら》うという話を聞いたことはありませんか？　お金を受け取ってしまうことで、何だか純粋に子供の死を悼《いた》む資格を失ってしまう気がするのだというのです。もちろんそんなことはありませんし、お金はあるに越したことはないのですから、いただけるものはいただけばよろしいのだと私などは思うのですけれど……二月先生の場合、猛くんの死を題材にした絵がお金になる、という形でしたから、さらにその思いは強かったのかもしれません。

　ああ、そうです。先生は恭一様が悪く言ったからというよりも、私が先生の絵をお金に換えてくる存在だからこそ、忌避感を抱かれたのかもしれません。私が、いくらいくらの値がつきましたよ、とご報告申し上げると本当に嫌そうな顔をして、部屋を出て行ってしまわれるくらいでしたから。

　ただ、実は、火事の後に地獄絵を描いたのは先生だけではありませんでした。恭一様にも地獄絵の依頼が来たのです。それは恭一様に向けられる依頼としては珍しく、挿絵や広告に使う絵ではない、芸術作品としての依頼でした。恭一様はかなり長いこと逡巡《しゅんじゅん》しておられたようです。

　そこには様々な葛藤《かっとう》があったことでしょう。それまでの仕事とはまったく方向性が異なることにも戸惑ったでしょうし、先生の絵を「露悪的」だと評していた恭一様には地獄絵に挑むことへの抵抗もあったのではないかと思います。そして何より、息子の死を題材にするということに対しての嫌悪《けんお》感は、露悪的になる「必要」があるのかと考えてしまうような恭一様の方が、描かざるを得ないから描いていた先生よりも強かったのではないでしょうか。

　それでも結局は、恭一様も依頼を引き受けました。どういう思いだったのかは私にはわかりませんが、何にせよ、恭一様にとってはほとんど悪魔に魂を売り渡すような決断だったはずです。悲壮な面持ちで画布へと向かう姿に、私自身、もしかしたら傑作が生まれるのではないかという期待も抱きました。

　けれど、どうでしょう。それで恭一様が描き上げたのは、息子の死に材をとったとはとても思えないほど凡庸なものだったのです。二月先生の作品とは残酷なほどに出来に差があったと申しますか……依頼された方も最初に提示した額は支払ったものの、その後恭一様の元へ同様の依頼が来ることも恭一様の絵が画壇で話題になるようなことも一度もありませんでした。

あくまでも、絵に破格の値がつくのは二月先生だけだったのです。

やがて私は、家事もやらなくていいからできるだけ家に出入りしないで欲しいとまで言われてしまうようになって……必然の流れとして、私と中村家の関係性も変わっていきました。それまでは半ば友人のような親しい間柄だったはずなのに、どうしても仕事上のつき合いという割り切ったものにならざるを得ませんでした。先生ともなかなかお会いできなくなって、応対されるのは恭一様ばかり。どうせあなたは妻の絵さえ手に入ればそれでいいんでしょう、だったら会う必要もないはずです、などと睨《にら》みつけられたりして……情けなく、悲しい思いで中村家を後にすることも度々でした。

それでも私も少しずつ割り切るようにと努力いたしました。私はそもそも画廊に雇われた人間であり、その仕事のために中村家に通っているのだ。素晴らしい絵をいただけて、仕事としては評価されているのだからそれでいいではないか、と。そう自分に言い聞かせていたのです。

ですから、本当に緊迫した状況になっていったのは、猛くんが亡くなってから三年近くが経った頃、二月先生が再び描けなくなってしまった頃でした。

絵筆を握りしめたまま画布の前で立ち尽くす先生を、恭一様は罵《のの》りました。おまえはたった三年で猛の死から立ち直るのか。おまえにとって猛はその程度の存在だったのか。

恭一様に言われるまでもなく、二月先生は追い詰められていました。誰よりも先生自身が、再び絵が描けなくなってしまった自分に戸惑っていたのですから。脂汗を流しながら画布に一晩中向かい続け、それでも何も描けないという日々が続きました。

はい、あの事件が起きた当日もです。

描けなくなったことを責められた二月先生が、精神的に追い詰められて夫に刃を向けた――それが、検察が提示した動機でした。

けれど、世間で流布《るふ》した動機は別のものです。ええ、現代版「地獄変」という噂が再び流れ始めたのです。浅宮二月は、息子や夫の悲惨な死を目の当たりにすることを望んでいた。再び傑作を描くために、スランプから抜け出すために、夫を手にかけたのではないか――私は、その説を否定することができませんでした。なぜなら、私も理屈ではなく体感として二月先生の業《ごう》の深さを感じていたからです。

実は、先生が画布に向かう姿を目にしていたとき、ふとある狂気に満ちた建物のことを連想したことがあるのです。正確な数字を覚えているわけでもないのですけれど、一つの家に二百近くの部屋があって、ものすごくたくさんのドアや階段、窓があるという異様な構造をした建物で、しかも聞いた話では、延々と何十年もの間増築され続けていたというのです。館《やかた》の持ち主は未亡人で、彼女は夫や子供が死んだのは呪いのせいだと信じていた。呪いから逃れるには絶えず家を増築し続けなければならないと霊媒師に告げられ、本当にその通りにし続けていたというのです。つまり、彼女は望んで増築を続けていたわけではなかった。ただその妄執に突き動かされて増築を続けざるを得なかったのだ、と。

そんな異様な建物と、先生が使っていらした十五畳ほどのアトリエには無論共通点はありません。なのに、なぜか、一心不乱に絵筆を握って画布に向かう先生の姿を見ていたら、その話を思い出したのです。まるで、先生自身にも制御しきれない力で描かされているかのような……いいえ、連想したのはあの事件が起こるより何年も前の話です。

ですが、事件後、先生が描かれたというあの絵を見て、私はもう一度あの奇妙な建物のことを思い出しました。そしてそれ以降、私は事件について疑問を抱くのをやめてしまったのです。

＊

はい、今は疑問に思っています。お持ち込みいただいたこの絵を見て、もしかしたらまったく別の真相があったのではないかと思い始めたのです。

この画布の側面に書かれたサインは、中村恭一氏のものです。ええ、つまり二月先生の旦那様が描かれた絵だということです。恭一様は死ぬ前にこの絵を描いていた。そして、彼の死後、先生が描いた絵にはこれと同じモチーフが使われていた——

私は初め、追い詰められた先生が恭一様の追及から逃れるために恭一様を殺めてしまったのだと考えました。けれど、やがて世間で言われているように——恭一様を殺してでも絵を描こうとしていたのだと信じるようになりました。そのためにあのとき匕首を振り上げ、それを恭一様が必死に止めていたのだと。

ですが、あれは逆だったのではないでしょうか？

あのとき、どうして先生よりも力が強いはずの恭一様の方が先に力尽きてしまったのかが疑問でした。けれど、こう考えれば辻褄《つじつま》が合います。

あのとき、恭一様がしていたことは刃を押し返すことではなく、引くことだったのではないか。

ているこの場面だったのだとすれば。

『お願い許して』
『大丈夫だから』
あの会話が、自分を殺させようとしている恭一様を、先生が必死に止めている場面だったのだとすれば。

先生の犯行が計画的だと断じられた理由は、逃亡後、一時的に身を隠す場所を予《あらかじ》め見繕っていたことと、猛くんの遺影がアトリエから取り除かれていたことにありました。けれどそれは、どちらも恭一様がやったことだったとしても何らおかしくないのです。

この絵はおそらく、恭一様が火事の後に依頼に応じて描いたという地獄絵だったのでしょう――いいえ、当時恭一様が仕事で描いたということは、これを依頼主に渡したのは私だったはずです。私はあの頃、一度この絵を見ていた。見ていながらどんな絵かを印象に残すでもなく、二月先生の絵と比べて「残酷なほどに出来に差がある」という感想しか抱かなかったのです。昔も今も……ええ、先ほど拝見したときも恭一様の絵だと気づかなかったくらいですから。

先程も申し上げたように、画家が亡くなると作品の価値が上がるものですが、恭一様は壮絶な死を遂げてもなお、作品が顧みられることはありませんでした。

恭一様の渾身《こんしん》の作品は誰からも絶賛されることも酷評されることもなく、ただ静かに黙殺されたのです。……ええ、私も、その一人です。

『僕が後世に残せるのは猛くらいだからね』

恭一様は生前、そんな言葉を口にしていました。それは、絵という作品を残せる二月先生に対しての皮肉でもあったのでしょうが、本心でもあったのでしょう。なのに、猛くんは死んでしまった。だからこそ恭一様はそれまでのやり方を捨て、自身も地獄絵に挑戦したのかもしれません。先生の絵を「露悪的」だと評していた自らが、まるで先生の画風を真似るかのような絵を描いた——いえ、もしかしたら恭一様は猛くんを亡くしたことで、先生の絵の凄《すご》さを実感したのかもしれません。私を含め、先生の絵に魅せられた人間は、いずれも親しい人を亡くしたことがありました。先生の絵にそうした人間の心を捉《とら》えて離さない力があったのだとしたら、恭一様は猛くんを亡くして初めて先生の絵の真価を感じ取ったのではないでしょうか。

同時に、恭一様は先生と同じ土俵に立ったことで誰よりも明確に力の差を思い知ったことでしょう。悲惨な絵を描いたところで衝撃を与える作品になるわけではなかったのだと、息子の死を題材にしてもなお、自分には「生きた証《あかし》」となるような作品は描けないのだと——そしてそのとき、彼の目の前には息子の死を糧《かて》に傑作を描く妻がいた。その姿は、彼に一つの方法を提示していました。彼女の目の前で衝撃的な死を遂げれば、絵の題材になれる。彼女の傑作の中で、自分がこの世に生きた証を残せる。

気づきませんか？

恭一様が描いたこの絵――燃え盛る炎の中心で苦悶の叫びを上げている幼子、首から大量の血を噴き出している男、その二人の前で呆然と立ち尽くす生皮を剥がれた女――はモチーフまで先生のあの絵と一致していますが、恭一様は先生の絵を模写したわけではありません。当然です。恭一様がこれを描いたとき、まだ先生のあの絵は存在もしていなかったのですから。

では、なぜこれほどまでにモチーフが一致しているのか。

そうです。先生は実物を見たままに描いたからです。恭一様はあのとき、いつもかけている眼鏡を外し、先生の目の前で首を掻き切って死ぬという道を選びました。それは、自分が挑戦し、失敗した地獄絵を実物として再現させるためだったのではないでしょうか。

あれは、殺人事件ではなく、自殺だったのではないか――私はそう思うのです。

だったらなぜ、先生はそう供述せずに甘んじて有罪判決を受けたのか？　ええ、仰る通りです。自殺だったのだと主張すれば、実刑は免れたかもしれません。それでも、先生は罰を受けることを望んだ――自分こそが夫を追い詰めたのだという思いもあったでしょう。実際に夫の死を題材に作品を描いたことで罪を背負わなければならない気持ちになったのかもしれません。けれど、それだけではないような気がするのです。

……これは、私の想像に過ぎません。ですが、空き家にあった三枚の画布の内、二枚が手つかずのまま残されていたこと、そして先生が出獄後一作も描かずに亡くなられたことを思うと、どうしても邪推してしまうのです。

先生は、刑を受けたかったのではないか、と。

先生は恭一様の死後、傑作を描かれました。自らの目の前で衝撃的な死を遂げた夫の絵を描く――こう言っては語弊がありますが、画家としての先生にとっては最高の環境だったことでしょう。そして先生はそれを見事にものにされた。もしかしたら達成感すらあったかもしれません。それほどまでに、あの絵には先生のすべてが込められていたのですから。

ですが、こうも思うのです。あれだけの作品を描いて、自分の中にあるものをすべて吐き出してしまって、それで次の創作意欲が湧いてくるものだろうか、と。

ええ、先生はあの最後の一作を描いて、また描けなくなってしまったのではないでしょうか。そして、次の作品が描けないとわかったとき、先生の脳裏には恭一様の声が蘇ったはずです。

『おまえはたった三年で猛の死から立ち直るのか。おまえにとって猛はその程度の存在だったのか』

三年どころか、先生はたった一作で恭一様の死を消費してしまった。先生にとっては、絵が描けないのを責められることは、殺人犯として責められるよりも恐ろしいことだったでしょう。

だからこそ、先生は自ら逮捕され、刑に服すことを望んだのではないでしょうか。いいえ、刑務所にいる間は油絵を描くことはできない――描けない理由として、これ以上のものはないでしょう？

姉のように

3歳女児虐待死《ぎゃくたいし》　母「相談できる相手がいなかった」／長崎

長崎市坂本4の路上で16日午後、3歳の長女を階段から突き落としたとして、長崎県警坂本署は母親の志摩菜穂子容疑者（28）を殺人未遂容疑で逮捕した。

同署によると、16日午後1時40分ごろ、現場に居合わせた近隣住民からの119番通報により駆けつけた消防署員が、長女が血を流して倒れているのを見つけた。長女は意識がなく、病院に運ばれたが死亡が確認された。同署は殺人容疑に切り替え捜査している。志摩容疑者はそれまでにも長女に、脚を叩《たた》く、柱に頭を打ちつけるなどの虐待を繰り返していた。

同署の調べに、志摩容疑者は「相談できる相手がおらず、ストレスを抱えていた」と供述しており、逮捕容疑については全面的に認めている。

２０１５年8月17日付　時事新聞

＊

夫が新聞を折り畳む音が、リビングに響いた。姉の事件について掲載された社会面が内側に隠れ、テレビ欄が表になる。

「お義姉《ねえ》さんは、何て言いよると？」

夫は、新聞をテーブルに乱雑に置き、絞り出すような低い声で言った。私が首を横に振ると、コーヒーの入ったマグカップを手に取る。

「そいけど、お義母《かあ》さんは会《お》うたとやろ？」

「……『ごめんなさい』って繰り返すばっかいで他には何も言わんって」

答える声がかすれた。夫は、マグカップを口をつけないままテーブルに戻す。

「謝っとるってことは、やっぱい事実ってことやろうな」

私は唇を開いたが、言葉が出てこなかった。事実なわけがない。何か事情があるはずだ。そう考える一方で、姉が私に会いたくないと言っていると聞かされたことへの動揺が喉《のど》を塞《ふさ》ぐ。事実じゃないのなら、どうしてお姉ちゃんは私と会おうとしないのだろう。どうして直接、事情を話してくれないのだろう。

いくら考えても、答えは出なかった。いや、あるいはどう考えても出てしまう答えを見据えることができなかったのかもしれない。

せめて私に相談してくれていれば——相談を受けていたとしても、自分に適切なアドバイスができたとは到底思えないのに、そう考えずにはいられなかった。話してくれていれば、少なくとも姉が一人で抱え込むようなことにはならなかったのに。おいしかったよね、といたずらめいた顔で笑う姉がふいに浮かんで、胸の中心が強く踏みつけられたように痛んだ。

あれは、たしか私が四歳、姉が十歳のときのことだったと思う。

私は『マフィンおばさんのぱんや』という絵本が大好きで、仕事で忙しい母の代わりによく姉に読み聞かせてもらっていた。

その日もリビングで自分用の字の小さな本を読んでいた姉のところに絵本を持っていくと、姉は『よかよ、こっちにこんね』と言って微笑《ほほえ》んだ。隣にぴったりとくっついて座り、姉の開いた絵本の中を覗《のぞ》き込む。姉は一枚一枚ページをめくりながら、母よりはほんの少したどたどしい口調で読んでくれた。

『たなに　ならんだ　つぼのなかを　のぞくと、つぼの　なかみは、アノダッテの　すきな　ものばかり。いちごジャム、くろすぐりの　ジャム、プラム、ほしぶどう、コーヒー・クリーム、りんごジャム、チョコレート、シナモン、アーモンド、こなざとう。どれも　いい　におい、そして、いい　あじ』

パン屋で働く少年アノダッテが夜中にこっそり大好物の材料を目一杯に詰め込んだパンを作る物語は、もう何十回も読んでもらって話はすっかり覚えてしまっているというのに、何度聞いてもワクワクした。姉がいつも、ねえ、なん入れる？　こがん大きいパンどうなるっちゃろ？　とセリフを挟んでくれていたからだ。温かみのあるイラストで描かれるパンは本当においしそうで、今にもいい匂《にお》いが漂ってきそうで、読んでもらうたびに私は姉の肩に頭をもたれさせながら、よかねえ、うちもたべてみたか、とつぶやいていた。

いつもは、そうさねえ、うちも食べてみたか、と言ってから「おしまい」と本を閉じる姉が、その日は本を開いたままニヤリと笑った。

『じゃあ、作ろっか』

『え？　どがんして？』

目をしばたたかせた私に、姉が差し出してきたのは、パンの写真が載った本だった。

『学校の図書室で借りてきたとさ。パンの作り方が書いてあると』

姉は声を弾ませると、二冊の本を持ってキッチンへと向かった。いつから計画していたことなのか、どこかから既にこれ合わせた生地とお小遣いで買ったというトッピング用のお菓子を持ってくる。

『はい、こいば分けてくれんね』

姉はお手伝いを頼むときの母のような口調で言ったけれど、私はいつものお手伝いのときよりも何倍も興奮した。だっておねえちゃんとふたりでほんとにつくっちゃうのだ！　アノダッテのパンがたべられる！

『ねえ、なん入れる？』

姉は絵本を読むときと同じセリフを口にした。

『チョコ！』

『よかね、入れよ入れよ』

『おねえちゃんは？　なんいれると？』

『マシュマロ！』

『わーおいしそう！』

ドバーッ、と口に出して言いながら、二人で生地の中に好きなお菓子をどんどん放り込んでいく。あっという間に膨れ上がった生地をさらに寝かしてオーブンへ入れると、オーブンは一杯になってしまった。

『だいじょうぶやろか』

『だいじょうぶやろ』

私たちはクスクス笑い合い、入りきらなかったお菓子をつまみ食いしながら待った。どがんパンになるとやろ。絵本みたいにふくらむやろか。家がパンでいっぱいになっちゃったらどがんすっと？　何度もオーブンを覗きに行き、食べるところを想像しては床を転げ回って笑った。

結果は、当然のことながら絵本のようにはならなかった。オーブンが壊れるわけでもなく、パンが家中に広がるわけでもなく、ただ表面は焦《こ》げているのに中身は生焼けのいびつな形をしたパンができただけだ。

『なんね、これー！』

『パンたいー！』

姉は笑い、私は本当にパンができたことに感動して声を上げた。

『すごかね、おねえちゃん、ほんとにパンができたばい！』

『たべてみよっか』

あちち、あちち、とまたはしゃぎながら指先でつまんでオーブンの前で味見をしていると、母が仕事から帰ってきた。たちまちキッチンの惨状に気づき、悲鳴を上げる。

『ちょっとあんたたち！　何しよると！』

こっぴどく叱《しか》られている間はしゅんとして『ごめんなさい』と肩を落としていた姉は、母が着替えに行った隙《すき》に私を振り返って目を細めた。

『そいけど、おいしかったよね』

『うん!』

優しくて、何でもできて、いつも笑っていた大好きな姉。

姉はいつだって私の目標だった。おねえちゃんみたいなママになりたい。おねえちゃんみたいになりたい。おねえちゃんみたいなママになりたい。姉が子どもを産んだ半年後に自分も出産できたときは嬉《うれ》しかった。姉の子と同じ女の子であることも嬉しかった。

嫁いだ先が福岡と長崎で離れていたから、それほど頻繁に会うことはできなかったけれど、それでも電話では毎週のように話していたし、三カ月に一度はお互いの家に行って会っていた。姉はどんなときも穏やかで余裕があり、私の育児の悩みにも親身になって相談に乗ってくれた。姉が育児ストレスや夫についての愚痴、将来への不安を口にするところなど、見たことがない。

その姉がこんな事件を起こしてしまったということが、どうしても信じられなかった。新聞やテレビで報道される姉の名前は同姓同名の他人のものにしか思えず、困惑しながらも事件自体は事実としてすぐに認めた私の夫も、また他人のように思えた。

何度も読み返しているために皺《しわ》だらけになった新聞を見つめていると、焦点がぶれていく。残像のようなチカチカとした不快な光が、暗くなった視界の中心を舞った。眩暈《めまい》に耐えかねて目をつむる。

まぶたの奥に浮かんだのは、今から一週間前——事件の第一報を受けたときのことだった。

携帯が鈍い振動音を立てた瞬間、私は顔をしかめていた。けれどそれは嫌な予感があったからではない。ただ、せっかく眠りそうなところだった唯花《ゆいか》が起きてしまったら、と考えただけだった。

電話の相手は夫だと疑ってもいなかった。今から帰るけん。出産して以来、夜に突然電話をかけてくるような相手は夫くらいしかいない。ごめん食パン買ってきてもらってもよか？そんな事務連絡のみの、メールで充分済むようなやり取り。だからこそ寝かしつけをする二十時前後にはかけないというのが夫婦間の決まり事になっていて、それでも時折夫はうっかりしてかけてきてしまうことがあったものの、電話に出なければ寝かしつけ中なのだと察する暗黙の了解ができていた。

私は震える携帯を枕《まくら》の下に押し込んだ。唯花の小さなお腹《なか》を腕の重さがかかりすぎないようにして撫《な》でながら、なかなか動きを止めない電話にようやく違和感を覚える。枕の下に手を差し入れると、携帯は指先に触れた途端に沈黙した。画面の光が漏れないように布団《ふとん》で隠して携帯をそっと裏返す。

〈着信1件　実家〉

浮かび上がった文字に、最初に考えたのは、祖母に何かあったのだろうかということだった。今年九十歳になる祖母は重篤《じゅうとく》な持病があるわけではないが、やはり年齢を考えれば何があってもおかしくない。もし最悪の知らせだとして、夫は休みを取れるだろうか、もし取れなかったとしたら唯花を連れて二人で母の実家まで向かうには──そんなひどく現実的な思考が脳裏をよぎり、そのことに罪悪感を覚えながら着信履歴を開く。

折り返そうと発信ボタンに親指を乗せたのと、携帯が再び震え始めたのが同時だった。

画面に表示されたのは実家ではなく夫の名前だった。だが、今度は迷わず電話に出る。はい、と言い終わる前に『おまえ、聞いた？』という急いた声が耳朶《じだ》を打った。やはりよくない知らせなのだと瞬時に覚悟を決める。何を、と訊《き》き返す声がかすれた。

『今、お義母さんから、おまえと連絡がつかんって電話のきたけん』

夫の口調は切迫しているのに、こちらが焦《じ》れるほどにたじろいでいる。そもそも母から私と連絡がつかないことを聞いているのにもかかわらず、聞いた？ と尋ねるところに夫の混乱を感じて、胸のざわめきが大きくなった。

『何のあったと？』

夫はさらに一拍置いてから、低く声をひそめて答える。

『お義姉さんが逮捕されたって』

何を言われているのかわからなかった。逮捕？ 耳慣れない言葉が、まったく現実感を伴って響いてこない。『え』という間の抜けた声が喉から漏れた。夫がそれまでの躊躇《ためら》いとは逆に早口で状況を説明していく。姉が犯した罪の内容、警察に捕まって取り調べを受けていること、言い逃れができない状況だったらしいこと——

甲高い泣き声に我に返った。

気づけば目の前では唯花が顔をくしゃくしゃにして泣いていて、耳に押し当てたままの携帯から『どうしたと？』という怪訝《けげん》そうな声が聞こえてきた。

『大丈夫、ただの寝ぐずりやけん』

唯花を抱き上げながら答えたところで、身体《からだ》の中心がすっと冷える。頬が強張《こわば》っていくのが自分でもわかった。

どうしたと、という夫の声が耳の奥で反響する。この時間に電話をすれば唯花が起きてしまうかもしれないことくらい、夫だって知っているはずだ。寝入り端《ばな》に起きてしまえば唯花はぐずる。それは当たり前の日常だということも。

——違う、別に意味なんてない。

私は、自分に言い聞かせた。夫はただ、いつものように訊いただけだ。それを必要以上に気にしているのは私自身でしかない。そう自分でもわかるのに、落ち着かなかった。

『とりあえず家に電話してみるけん』

私は短く言って電話を切った。実家の電話を呼び出しかけ、先に呆然《ぼうぜん》と乳房をはだけさせる。泣き叫ぶ唯花を膝《ひざ》の上に抱き寄せると、唯花は両目を閉じたままとは思えないほど正確に乳首に吸いついた。唐突に寝室に静寂が戻る。

満足そうに喉を鳴らして母乳を飲む唯花を見下ろしているうちに、安堵《あんど》と後悔が同じ割合だけ湧《わ》き上がるのを感じた。せっかく夜の断乳に成功していたのに、と思うと、後悔の方に針が大きく傾く。

まずは寝かしつけのおっぱいからやめると断乳はスムーズにいく、という話を聞いて早速実行したのは今から一カ月前のことだった。根気よく言い聞かせを繰り返し、せがまれるたびに抱っこをして毎日一時間以上格闘するようにして寝かしつけてきた一カ月間。そうして唯花と二人で積み上げてきたものを自分が台なしにしてしまったのだと思うと、唯花にも申し訳なくなる。ちゃんと抱っこで泣き止《や》ませればよかった、と思いながら、けれどそれでも唯花をおっぱいから引き剝《は》がす気にはなれなかった。安心しきった顔で乳首に吸いつき、小さな両手で抱きしめるように乳房を包み込んでいる娘の姿を見ていると、どちらがどちらを慰めているのかわからなくなってくる。私はすがるように唯花の柔らかな髪を撫でながら、震える指で発信ボタンを押した――


「それにしても、ひどか話たい」

正面から聞こえた夫の声に、ハッと我に返る。

「ひどかって……」

思わず言い返しかけると、夫は慌《あわ》てたように「いやさ」と続ける。

「俺は男やけん、どうしてもお義兄《にい》さんの立場で考えてしまうとさ。奥さんにこげん形で裏切られるとかさ、耐えられん」

「裏切る？　なんでお姉ちゃんだけのせいになると。大体お義兄さんが、」

「俺に言われたって困るばい」

夫は私の言葉を遮り、胸の前で腕を振った。そのまま、会話を断ち切るように席を立つ。

「唯花ー、そろそろ起きんねー」

唐突に声のトーンを変えながらリビングを出て行った。

「あんまり昼寝しとると夜寝られんくなるよー」

ドアが閉じられ、夫の声が一段遠くなる。

私はテーブルの上の新聞に手を伸ばし、触れたところで動きを止めた。思い直して、その隣に置いてあった週刊誌を手に取る。折り目のついたページがほとんど自動的に開き、証明写真のような妙にかしこまった表情の姉の写真が現れた。その下には、姉の写真よりも大きく『おじいちゃんのおばけカメラ』という本の書影が載っている。

十年前、姉が童話コンクールに応募して審査員特別賞を受賞した作品だ。ファインダーを覗くとおばけが見えるというカメラをおじいちゃんからもらった少年の話で、半年後に書籍化されると、書店や図書館の〈長崎出身の作家コーナー〉に並べられるようになった。既に姉は嫁いでいて実家にはいなかったものの、母は同じ本を何十冊も買って近所に配って回り、私はそれをたしなめながらも、やはり繰り返し姉の話をした。初対面の人と会えば兄弟姉妹はいるかと訊き、尋ね返されると『姉が一人』と答えて、それから聞かれてもいないのに姉が桜井さとこというペンネームで童話作家をしていることを続ける。誰もが、童話作家なんてすごかねえ、と目を丸くし、そのたびに私は『昔から賢かったけんね』と鼻の穴を膨らませた。

だが、〈童話作家の素顔〉という見出しの横に並んだ姉についての証言は、どれも姉の職業とは関係のない、辛辣《しんらつ》なものばかりだった。

完璧《かんぺき》主義な人。子どもが赤ちゃんの頃、母乳育児のために食生活を完全にコントロールしているからと言ってママ友みんなに出したケーキに一人だけまったく口をつけなかったことがある。

子どもにブランド服ばかり着せているのが異常だと思った。

部屋がいつ行っても片づき過ぎていて、小さな子どもがいる家には見えなかった。

見栄《みえ》っ張りな印象。

三歳の子どもに、ピアノ、水泳、英語、幼児教室と四つも習い事をさせていた。そんなにたくさんだと月謝が大変じゃないのかと訊いたら、「あなたは子どもの可能性を伸ばしたくないのか」と説教された。

私が驚いたのは、証言の内容そのものよりも、いくら事件後の取材とは言え、こんなふうに姉を批難する言葉を口にするような人しか、姉の周りにはいなかったのだということだった。

一つひとつのエピソードは、私自身も知っている話だ。姉はたしかに母乳育児に力を入れていたし、子どもによくブランド服を着せていた。部屋をいつも清潔にしていて、習い事にも熱心だった。

だが、果たしてそれは、本当に悪いことだろうか？

たとえば、子どもが将来オリンピック選手にでもなって、その育児法だとして紹介されたとしたら、多くの人が「お母さんの献身のおかげ」だとして讃《たた》えるのではないか。

「ママー！」

寝室から唯花が叫ぶ声が聞こえてくる。けれど私は、すぐには立ち上がることができない。

夫が姉の事件について書かれたインターネット上の掲示板を見ていることに気づいたのは、事件から八日後のことだった。

夫は、唯花を寝かしつけた私がリビングに戻るなり慌ててマウスを動かした。さりげないふうを装《よそお》ってノートパソコンを閉じ、私と視線を合わせないままに「風呂《ふろ》に入ってくるけん」と言って逃げるようにリビングを出て行った夫を、私は後ろ姿が見えなくなるまで眺め続けた。追及するべきではないことはわかっていた。夫が何かを隠したいと思っているのなら、そのままにしてあげるべきなんだろう。そう思いながら、けれど私はインターネットの閲覧履歴の見方を調べてまで、夫が見ていたサイトを探し当てていた。

そこには、事件についてというより姉についての情報が書かれていた。中学時代にいじめられていたこと、ビジュアル系バンドのファンクラブに入っていた時期があること――明らかに姉を直接知る人でなければ書けないような情報もあって、マウスを握る手が震えて上手《うま》く動かせなかった。掲示板には、姉の写真もアップされていた。画像は粗かったものの、姉を知る人であればひと目で姉だとわかる写真だ。初めて目にする写真だったから、どこで、誰といて撮られたものなのかは私にはわからなかったが、いつ頃撮られた写真なのかは想像がついた。写真の中の姉が太っていたからだ。八年前、結婚を前提につき合っていた恋人に浮気をされて失恋した姉が暴飲暴食を繰り返していた頃の、一番醜かった頃の写真だった。

〈ブス〉〈キモい〉〈デブ〉――写真がアップされるなり続いた姉の外見を罵倒《ばとう》する書

き込みに、全身の肌が粟立《あわだ》つのがわかった。目の焦点が合わなくなり、視界はのっぺりとした灰色で埋め尽くされる。——私は、姉と顔立ちが似ている。

書き込みのほとんどは姉の行為を責めるものだったが、中には〈この人だけを責めるのも酷〉だというものもあった。

〈旦那《だんな》は気づかなかったのか。気づいてて止めなかったんだとしたら同罪だろ。気づかなかったんだとしても、それがそもそも異常だから同罪〉

〈人間、自分が育てられたようにしか育てられないからね。この人も親に同じように育てられたんじゃないの？〉

だが、それらの言葉に、私が救われることはなかった。なぜなら、姉の悩みに気づいてあげられなかった人間の一人はまさしく私であり、私は姉と同じ環境で育ったのだから。

私は悟らざるを得なかった。姉を無慈悲に断罪する声もつらいものだけれど、姉が罪を犯した要因を外に求める言葉もまた、私を追い詰めるものなのだと。

私は、インターネット上に並ぶ姉を批難する言葉の一つひとつを、見てはいけない、と思いながら読み続けた。

知りたいのか、知りたくないのか、自分でもわからなかった。かさぶたができかけるたびに爪《つめ》を立てて引き剝がしているかのように、自分を止めることができない。夫はこれを、どんな気持ちで読んでいたんだろうと思うと、身体の芯《しん》が冷えていくのを感じた。

〈犯罪者　姪《めい》〉

辿《たど》り着いた検索ワードを見て、心臓が大きく跳ねる。

——夫は、唯花のことを心配している。

親として当然のことだ。伯母が罪を犯したということが、唯花の今後の人生にどんな影響を及ぼすのか。私だって、不安でたまらない。

けれど、夫が私に向かって直接その話をしてこないということが引っかかった。おそらくは夫なりの気遣いなのだろうとわかっていても、途方もなく寂しかった。夫は、唯花を「犯罪者の身内」にした姉を責めきれていない私の気持ちを見抜いている——そして夫は、私の姉を〈犯罪者〉という言葉で表現することに、私ほどの躊躇いがない。

夫は姉と一緒に暮らしたことがあるわけでもなく、それどころか数回顔を合わせたことがあるだけなのだから、唯花の人生に影を落とした姉を許せないのは仕方ない。

けれど私はどうしても、夫にも姉を許してもらいたかった。罪自体は憎んだとしても、それだけ追い詰められていたのかもしれないと考える余地を残しておいて欲しかった。

だが、身内であるはずの夫ですらそう考えられなかったくらいなのだから、世間がそう思わないのは当然だったのだろう。いや、世間がそう思わなかったから、夫もまた姉を憎んだのかもしれない。

やがて男子高校生が同級生を教室で殺害したという事件が起こって拍子抜けするほどあっさりと世間の関心がそちらに移っていくまで、夫は検索を続け、私はその後を追い続けた。お互いに、直接は話題に出さないまま。

ママ友たちとも、姉の事件以来、距離を置くようになった。姉の事件についてはママ友たちに直接報告したわけではないが、姉が童話作家の「桜井さとこ」だという話は何度もしてきたのだから、ニュースを見ればほとんどの人が気づくはずだ。自分だって、もし彼女たちの立場なら、距離を置こうとするだろうと思うと、自分から連絡する気にはなれなかった。古くからの友達ならともかく、市のママサークルで子どもを経由して知り合った友達だ。あんな罪を犯した人の身内に子連れで会いたくないというのは、本能のようなものであるとすら思った。

だが、姉の事件から二カ月ほど経《た》ったある日、ママ友の一人から遊びの誘いを受けた。

ママサークル内でも特に親しくしていた四人グループの一人が第二子を出産したからみんなで赤ちゃんを見に行くという企画で、私は二重に驚いた。

まさか、また声をかけてもらえるなんて。それも、自宅に上げてもらえるなんて。嬉しかったし、本当にありがたかった。私が事を大きく考えすぎてしまっていただけで、もしかしたら周りはそれほど重大なことだとは受け止めていないのかもしれない、とも思った。少なくとも、私のことを直接知っている人は、姉と私を別人だと分けて考えてくれているのかもしれないと。

実際、当日緊張しながら唯花を連れて行った私に、誰一人姉の事件の話は口にしなかった。これまでとほとんど変わらない態度で「ユイちゃんママ、久しぶり」と笑いかけ、唯花にも「ユイちゃん、今日の髪型かわいかねえ」と話しかけてくれた。

第二子を出産したばかりのママが陣痛について話すと、みんなで競い合うようにして自分の体験談を語り出し、順番に赤ちゃんを抱っこさせてもらっては「なつかしかねえ」と盛り上がった。

事件のことなんて、姉のことなんて、まるでなかったかのような時間だった。私は、何も変わらない。自分に何度も言い聞かせながら、やたらと渇く喉にノンカフェインコーヒーを流し込んだ。

赤ちゃんを抱っこする順番が回ってきたのは、ほんの少しずつ緊張がほぐれ、やがて事件後ほとんど初めてと言っていいくらい久しぶりに自然に笑えるようになってきた頃だったと思う。「はい、ユイちゃんママ」と言って赤ちゃんを渡されたときにはギクリとしたけれど、赤ちゃんのママが特に嫌そうな顔をするわけでもなかったことにホッとした。「かわいかーなつかしかー」と他のみんなと同じように感想を述べ、まだ据わっていない首に注意しながら抱き上げる。

次の瞬間、それまでご機嫌に愛嬌《あいきょう》を振りまいていた赤ちゃんは、突然大声で泣き始めた。

そのときの場の空気を私は忘れることができない。さっとブラインドを下ろすように、一瞬にして空気の色が変わるのを感じた。

赤ちゃんは泣くものだということくらいわかっている。こちらが不安がれば、赤ちゃんだって不安になる。こういうときは鷹揚《おうよう》に構えて、「よか泣き声ねー」と笑いながら抱き続けるか、「やっぱいママがよかよねー」と言いながら母親に返すかをすればいいだけだということも知っていた。

なのに、咄嗟《とっさ》に声が出てこなかったのは自分でも動揺していたからだ。

「あれ？　お腹すいとると？」

赤ちゃんのママが強張った顔で取り繕うように言ったことで、彼女も当然のこととして受け流せないでいるのだとわかってしまう。私の腕の中から赤ちゃんを抱き上げたのは、赤ちゃんのママではなく、別のママ友だった。

「よし、じゃあ本物のママの方へ行こうかー」

動けずにいる私の代わりに、運んであげようとしただけなのだろう。だが、彼女に抱き上げられた途端、赤ちゃんは泣き止んだ。彼女もまた、本物のママではないのに。

――どうして、私だけ。

せめて私に子どもがいなければ、とすがるように考えた。そうすれば、抱っこをし慣れていないからだという言い訳ができたかもしれないのに。でも、私は母親だ。唯花を三歳近くになるまで育ててきた。それなのにこんなに泣かれるなんて、何かあるんじゃないか。そう思われているんじゃないかと気が気でなかったし、何より自分自身がそんな疑念を振り払えなかった。

この子は、私の中の何かを感じ取っているんじゃないか。姉が持っているのと同じ――邪悪な何かを。

「ママー」

唯花の声が斜め下から聞こえた。

「次、ユイちゃんだっこしてー」

唯花の言葉に、場の空気までもが緩む。私は唯花を抱き上げ、独特の甘い匂いを吸い込みながらこみ上げてくる涙を必死に堪《こら》えた。

その後も、表面上はそれまでと変わりなく過ぎた。お互いの子どもたちを遊ばせながら育児の悩みを語り合い、夫の愚痴で盛り上がる。会話の合間に子どもの写真を撮り、おもちゃの取り合いで喧嘩《けんか》を始めた子どもを叱る。けれどその間、私は唯花が際限なく散らかしていくおもちゃを片づけ続けていた。何を話せばいいかわからなくて、他のママ友たちと同じテーブルについているのがつらかったからだ。

何より、話題の中心が幼稚園の年少クラスより前に入れられるというプレ幼稚園についてであることについていけなかった。私以外のママはみんなこの四月から子どもをプレ幼稚園に通わせ始めるらしい。だが、私は姉の事件でバタバタしていて申し込みそびれてしまっていた。

時折、薄い白い膜に覆《おお》われたようなママ友たちの輪をぼんやりと眺めながら、私は姉と話したいと考えていた。無性に、姉に会いたかった。

こんなことになっても、まだ私は姉を求め続けていた。いや、正確に言えば前よりも姉と話したかったのだ。姉がどうしてあんなことをしてしまったのか、何があったのか、いつから悩みを抱えていて、どこで引き返せないところまで来てしまったのか。すべてを姉自身の口から聞きたかった。

そして、相変わらず絶えない育児の悩みを姉に聞いて欲しかった。そういうときにはこうするといいのだと、指針を示して欲しかった。もはやそんなことを求める相手ではないとわかっているのに、他に悩みを隠さずに打ち明けられる相手が見つからなかったのだ。

唯花にイライラしてしまうことがある、習い事をさせたいけれどお金もないし何をさせればいいのかもわからない、育児だけをして日々が過ぎていくのが不安、唯花の成長具合が気になる、仕事を辞めなければよかったという後悔を拭《ぬぐ》えない、産後の体形が戻らない、実は苦手なママ友がいる——そんな一つひとつは些細《ささい》な悩みは、他の人だって口にしているのを聞いたことがある。私が言ったってきっと多くの人に共感してもらえるはずだし、姉でなくても、それこそママ友にでも相談すればいいだけの話だろう。だけど今、自分の悩みが相手の中でどう受け取られるのかがわからない。

やがて、眠たくなったらしい唯花がぐずり始めたのをきっかけに解散する流れになった。順番に自分のトイレと子どものおむつ替えを済ませ、身支度を整えていく。機嫌が悪い唯花は、靴下を履かせようと足をつかんだだけで奇声を発し、私の手を振り払った。無理やりにでも履かせるか、それとも裸足《はだし》のままで靴を履かせてしまうか迷って動きを止める。すると、ふいに一人のママが、あれ、と声を上げた。

「お財布がない」

ママ友たちの視線が、一瞬にして私に集まる。その中の一人が、ハッとしたように顔を背けた。今度は不自然なほど一気にすべての視線が外れて、「あ、ごめん」という声が続く。

「サブバッグの方に入れとったとやった」

「もう、しっかいせんねー」

誰かが茶化す声音で言って笑いが起こった。

私も笑い飛ばさなければ、何でもないことなのだという空気を作らなければ。そう思うのに耳の裏が熱くなっていく。

ママ友たちは、それ以降家を出るまで一度も私と視線を合わせなかった。

その日の帰り、眠ってしまった唯花をチャイルドシートに座らせると、私は駐車場に車を停めたまま携帯で長いメールを打った。宛先《あてさき》は高校時代からの古い友達だった。姉の事件があったとき、真っ先に私に電話をくれて〈大丈夫？　心配しとるよ〉という留守電を残してくれた唯一《ゆいいつ》の人だ。

彼女なら私の気持ちをわかってくれる、そう自分に言い聞かせながら姉が逮捕されて以降にあったことを書き連ね、一読して内容が伝わるように語尾や表現を直し――けれど、私は結局メールを送らなかった。もし彼女にまでこれまでと違った態度を取られたら、と思うと、どうしても送信ボタンが押せなかったのだ。

私は、鮮やかな桜並木を伏し目がちに通り過ぎ、同じ長崎市内にある実家に向かった。チャイルドシートで寝息を立てる唯花を横目で見て、唇を噛《か》みしめる。そうしないと、嗚咽《おえつ》が漏れてしまいそうだった。おかあさん、と内心で母に呼びかける。うち、もうきつか。吐き出しそうになる子どものような声を何とか喉の奥に飲み下す。

姉の事件に関するショックや恥ずかしさや不安を、本当の意味で共有できるのは血の繋《つな》がった家族しかいないのだと思った。思いをそのまま口にしてもいい相手も。

私は玄関に着くなり、唯花を抱いたまま泣き崩れた。母は慌てて唯花を受け止め、足早に居間へと運ぶ。すぐに戻ってくると、私の手を両手で挟むように持って一生懸命さすってくれた。まるで、そこに刻まれた何かをこすり消そうとするかのように。

「かわいそうにね、つらかね。こげん思いさせてすまんたいね」

私は母に抱きかかえられるようにして居間へと進み、それまで誰にも言えずにいた胸の内を吐き出していった。姉のようになるんじゃないかという目で見られているような気がすること、そう思うと誰に何を相談していいのかわからないこと、夫にさえ本音で話すことはできず、唯花と二人でいるとたまに目の前が真っ暗になるような気がすること——母が小刻みにうなずいてくれるだけで、それまで喉の奥で重く凝《こご》っていた何かが溶けていくのがわかった。

一通り吐き出してしまうと、私はしゃくり上げながら息を吐く。母は私の頭を撫で、「お茶淹《い》れるけん」と立ち上がった。私はソファの背もたれに後頭部を預け、母がお茶の用意をする気配を感じながら、壁に飾られたドライフラワーを見上げる。

赤や黄色、青やピンクの鮮やかな彩《いろど》りだったはずの花束は、逆さに吊《つ》るされて一様に色褪《いろあ》せていた。そのくすんだ色を見ていると、小学生の頃、姉と手をつないで訪れた花屋の店先が蘇《よみがえ》る。

母の好きな紫色の花を示した姉の指先、二人で出し合ったお小遣いを受け取った店員さんの手のひら。姉とはしゃぎながら家へ帰り、母が仕事から帰るのを今か今かと待ち続け、その喜ぶ顔を思い浮かべて笑い合った。けれど花束を目にした母は、ありがとう、ではなく『ごめんね』と口にした。『こげんよか花束、高かったやろ』。母は花束を花瓶に生けることはなく、そのまま逆さに吊るしてドライフラワーにした。せっかくやけん。こげんした方が長持ちするけんね。——あのとき、姉はどんな顔をしていたのだったか。

台所から、母が湯呑《ゆの》みを二つ手にして戻ってきた。礼を言いながら片方に手を伸ばしたところで、母の手首に目を奪われる。

そこには、数珠《じゅず》状のブレスレットがびっしりと肌を覆うように巻きついていた。

——何だろう、これは。

喉仏が上下した。こういうアクセサリーなのだろうと思おうとした。だが、禍々《まがまが》しいほどに黒光りした珠《たま》の連なりには何か細かな文字が彫り込まれている。母は、私が気づいたことには気づかなかったようで、神棚へ向かって手を合わせる。その丸まった背中に、姉の本を近所に配って歩いていた母の後ろ姿が重なった。

母が、小さな声で念仏のようなものを唱え始める。お葬式で耳にするようなお経ではなく、耳慣れない響きだったが、母の真剣な様子にそれは何かと訊くこともできなかった。代わりに、分厚いカーテンで覆われた薄暗い家の中を見渡した。部屋のそここに、見たことがないものが増えていた。御札、熊手《くまで》やお守りが、至るところに置かれている。

——私は今まで、何を見てきたのだろう。

あれから、ここには何度も来ていたはずなのに。仰々しい御札の上に視線が止まり、頬が引きつった。あんなものに、一体いくらかけたというのか――そう思った途端、そんな自分にぞっとする。

私は慌てて席を立った。

「いきなり来てしもうてごめんね。話したら楽になったけん」

早口にそれだけを言い、眠ったままの唯花を抱き上げる。

「急になんね」

「あの、夕飯のしたくもあるけん……」

「そげんこと一日くらいよかやろ。あんたは疲れとるばい。今日は泊まっていったら、」

「ありがとう、そいけど大丈夫やけん」

断ち切るように言って玄関に向かう。これ以上、母に頼ってはいけない。そう自分に言い聞かせながら、それが本心なのかどうかわからなかった。

家に帰ったのが十七時半、唯花に食べさせた焼きそばパンの袋をゴミ箱の下に押し込んで隠し、ディズニーの英語教育ＤＶＤを流しながら大急ぎで豚の生姜《しょうが》焼きを作った。

十九時を回った頃、家の前に車が停まった音にDVDを止め、ふて腐れた唯花に「パパが帰ってきたよ」と声をかけて気を逸《そ》らせる。テーブルに夫の分の夕食を並べて唯花を脱衣所まで連れて行き、何とかして服を脱がせたところで唯花が脱衣所から飛び出した。

「ユイちゃん！　待たんね！」

「やーだけーん」

唯花は面白がるように言いながら、廊下を裸で走り回る。私は怒鳴り声を上げそうになった口を慌てて閉じた。下腹部に力を込め、音を立ててため息をつく。

「いいけん、ママ、先に入っちゃるけんね」

敢《あ》えて冷たく言って風呂場に向かったが、唯花は追ってはこなかった。以前なら、これで追いかけてきたのに、と思うと疲労感が増す。もう一度ため息をつき、リビングまで戻ってしまった唯花の元へ踵《きびす》を返した。唯花は、紙おむつさえ穿《は》いていない格好でブロック遊びを始める。

私は唯花の前にしゃがみ込んだ。

「ねえ、ユイちゃん、ママと一緒にお風呂入ろう？」

声のトーンを意識的に上げ、諭す口調で語りかける。

「お出かけしたけん汚れとるやろ？　お風呂、気持ちよかよ」

「ユイちゃん、おふろはいらん！」

「うん、ユイちゃんはブロックがしたいとやね。そいけど、おむつも穿かんで遊んどっておしっこしてしもうたら床がびしょびしょになってしまうやろ。お風呂から出てからブロックしようで？」

「やだ！　ブロック！」

「じゃあ、ブロックが終わったらお風呂入ろうか」

「はいらんー」

このところ珍しくもないやり取りだった。二歳半を過ぎてから、途端に唯花はおしゃべりになり、同時に自己主張がはっきりしてきた。やりたくないことは絶対にやらないし、無理やりやらせようものなら癇癪《かんしゃく》を起こしたように泣く。おむつ替え、食事、服選び、お昼寝、お風呂、歯磨き、靴を履くのも、階段を降りるのも、手を繋いで道を歩くのも、すべて「イヤ」。いわゆるイヤイヤ期というやつで、成長の証《あかし》だということはわかっていても、日常のあらゆる場面で振り回されるのはストレスが溜《た》まった。

『そういうときは、選択肢を出すとよかよ。お風呂に入れ、じゃなくて、お風呂で何して遊ぶ？　アヒルさんとカエルさん、どっちがよか？　ってふうに子どもに選ばせてあげると』

姉の言葉が蘇る。

「そしたら、お風呂でブロックするのと、お風呂でお歌を歌うのどっちがよか？　ユイちゃん選んでいいけん」

「ここでブロックすると！」

おねえちゃんに電話、と反射的に思いかけて暗然とした。

――あの人に相談して、どうしようというのだろう。

姉は、私が目標にするようないいお母さんではなかったというのに。

身体から力が抜け、唇がわななくように歪《ゆが》む。

絵本の中のパンが食べたいと言う私のために、お小遣いで材料を買ってまでパンを作ってくれたおねえちゃん。常識的で大人で、でも子どもの気持ちもきちんとわかってあげられる優しいお母さん。姉の真似《まね》をしていれば、同じような母親になれるはずだった。姉の言う通りにしていれば、間違いないはずだった。

だけど、それこそが間違いだったのだろうか。

「もう、ユイちゃん、いい加減にせんね」

思わず唯花の腕を引いた瞬間、

「いたか！」

唯花が悲鳴のような声を上げた。私はハッとして手を離す。

「どうしたと！」

それまでのやり取りに我関せずで携帯をいじっていたはずの夫が、血相を変えて立ち上がった。

「違うと、ちょっと腕ば引っ張っただけやけん……」

「唯花、大丈夫や？」

「パパー」

唯花が甘えた声を出して夫に抱きついた。

「どうしたと？　どこが痛か？」

「うでーママがぐいってしたけん」

「何しとるとね」

夫がまるでかばうようにして唯花と私の間に肩を入れる。

「だって……唯花がお風呂に入らんて言うけん」

「別に一日くらい入らんでも死ぬわけじゃなかやろ」

あなたが協力してくれれば、という言葉が喉の奥で詰まった。夕食を食べ終わってからも席を立つわけでもなく携帯を見ていただけのくせに。死なないからってお風呂にも入れず、歯磨きもせず、唯花が嫌がることを一切しなければ、唯花は病気になるし虫歯にもなる。そんなことは、想像すらしていないくせに。吐き出せない言葉が渦巻いて、胃からお腹にかけてまでが熱を持つ。

けれど次の夫のひと言で、瞬時に熱が引いた。

「ママがそげん神経質やと唯花がかわいそうたい」

周囲から音が消え、目の前が一段暗くなる。足元から何かが崩れていくような気がした。

――唯花は、かわいそうなんだろうか。

私は、夫の腕に絡《から》まるようにしてつかまる唯花を見つめる。その目に勝ち誇ったような色を感じて、愕然《がくぜん》とした。

何を考えているんだろう。勝ち誇るなんて、そんなわけがない。自分の娘に、こんなことを思うなんて馬鹿《ばか》げている。第一、唯花はまだ三歳にもなっていないのだ。そう思いながら、私は顔を笑顔の形に戻せない。

私は神経質なんだろうか。――異常なんだろうか。

夫との関係は、姉の事件から三カ月が経ってもぎくしゃくしたままだった。

夫が何をどう思っているのかわからず、けれど直接聞き出す勇気もなく、ただ機嫌をうかがうことしかできない。これ以上失点を重ねてしまわないように、失望されてしまわないように。それだけを考えて夫の前では唯花を叱らず、夕飯のおかずを一品増やし、話すときには常に聞き役に徹するようにした。

夫が家にいれば唯花は比較的素直だし、夫が唯花と遊んでくれている間は、私も自分のペースで家事をすることができる。だが、夫が家にいると、まるで見張られているかのような緊張を覚え、出勤していくとホッとした。

夫が、家の中の空気をどう感じていたのかはわからない。ただ、姉の事件が起こる前よりも家に帰るのが遅くなり、そうかと思えば土日になると急に私たちを外食に連れ出したりした。唯花が「抱っこ」と言えば肩車をし、ジュースが飲みたいとぐずればすぐに買ってやる。おかげで唯花は私と二人でいるときもなかなか自分で歩かなくなり、スーパーに買い物に行けばジュースをねだって騒ぐようになった。

一度だけ、やんわりとやめて欲しいと伝えたことがある。だが、「たまにはよかろうが」と一蹴《いっしゅう》されると、それ以上は言えなかった。たしかに、たまにであれば、唯花への悪影響もそれほどないはずだ。けれど、私が「自分で歩かんね」と言うたびに唯花は「パパがよか」と泣き、スーパーで泣きわめく声に途方に暮れてジュースを買ってしまうたびに、私は自己嫌悪《けんお》に陥った。

もっと夫とコミュニケーションをとらなければと思うのに、構えずに他愛のない話をすることができない。姉の事件以来、何となく疎遠《そえん》になってしまっている義父母との関係について話し合わなければと思いながら、切り出すこともできなかった。

だが、義父母との関係については、夫も内心で気にしていたらしい。梅雨入りした頃、突然「兄貴の家に行こう」と言い出した。

「親父《おやじ》は兄貴の言うことなら聞くけん。大丈夫、兄貴はきちんと話せばわかってくれるやつやけん」

夫が義父母との関係の修復をあきらめずにいてくれることが嬉しかった。そのために、きちんと行動しようとしてくれたということも。

胸が熱くなり、強張っていた肩から力が抜ける。私は今まで、姉の事件を自分一人で抱え込もうとしすぎていたのかもしれない。だけど私たちは、夫と私と唯花の三人で家族なのだ。初めて、そう思えた。

夫の言う通り、義兄《あに》夫婦は初めこそぎこちない態度だったものの、私は姉の犯した罪とは何も関係ないのだと夫が力説すると、納得してくれたようだった。義姉《あね》は私の肩を叩いて「うちらは味方やけんね」と言ってくれた。ありがたかったし、夫の言う通りに来てみてよかったと心の底から思った。

義姉の作ってくれたお昼ご飯を食べて、腹ごなしがてら長崎港を展望できる近所の公園に行こうという話になった。テニスコート二面分ほどの大きさの滑り台を目玉に、カラフルな遊具が並んでいる公園だ。

義兄夫婦には四歳の子どもが一人いて、その甥《おい》っ子は私にも懐《なつ》き、唯花のことも妹のようにかわいがってくれた。私が首に巻いているダメージ加工のストールを触って「おばさんちってびんぼうかとね？」とはしゃぎ声を上げる甥っ子の顔を見ていると、不覚にも泣きそうにさえなった。姉の事件以来、こんなにも真っ直《す》ぐな笑顔を向けてくれた人は、一人もいなかったからだ。

甥っ子に右手を引かれ、唯花を左手で支えながら滑り台の階段を登る。

唯花を先に滑らせ——甥っ子の方を向いた瞬間。

滑り台の頂上に立っていた甥っ子の背中に、隣に立っていた小学生の女の子の膝が当たるのが見えた。あ、と思ったときにはもう遅かった。甥っ子の身体がスローモーションのようにぐらりと前に倒れていく。

私は、叫び声を上げることすらできなかった。私にできたのは、目を見開くことだけ。落ちる、と思うのに抱き寄せることはおろか、指一本さえ動かせなかった。

甥っ子はそのまま下まで転がり落ち、右の鎖骨を骨折した。

私は、自分がそばについていながら甥っ子に怪我《けが》をさせてしまったことを泣いて謝った。けれど、義兄と義姉は許してはくれなかった。甥っ子が、「おばさんにどんってされた」と証言したからだ。私に背を向けていた甥っ子からすれば、たしかに私に押されたように感じたかもしれない。でも、本当に甥っ子を押してしまったのは小学生の女の子なのだ。だが、私がそう主張すると、夫は両手で頭を抱えた。

「おまえ、一体どうしたとね」

そのまま髪の毛を掻《か》きむしり、低い唸《うな》り声を上げる。言葉を失っていると、夫は私の頭を鷲摑《わしづか》みにして、力ずくで下げさせた。

「本当に申し訳なか。こいつが、こげんことするなんて……」

「違う、私は本当に何も」

「いい加減にせんね！」

夫は、私を突き飛ばしながら怒鳴った。

「本当にそげん子がおったって言うとなら、今すぐここに連れてこんね！」

そんなことを言われても、もう公園を出て病院に来てしまったのだからできるはずがない。私が口ごもると、夫は音を立ててため息をついた。

「心底反省しとるとならまだ救いがあるけど、言うに事欠いて小学生のせいや？　おまえはどこまで恥知らずとね」

私は口を開きかけ、閉じた。ちゃんと説明しなければならないと思うのに、声が出なかった。

「いくら腹が立ったけんて……子どもの言葉やろ」

夫は、語尾を微《かす》かに震わせた。私は、咄嗟に何も答えることができない。

――子どもの言葉？

私は本当に何を言われているのかわからなかった。けれど夫の絞り出すような声を聞くうちに、どんな誤解をされているのかを理解した。甥っ子が私に向かって「おばさんちってびんぼうかとね？」と言ったことに腹を立てて突き落としたと思われていたのだ。

私は愕然とした。夫に言われずとも、甥っ子が悪意があってその言葉を口にしたわけじゃないことくらい私にもわかる。むしろ、甥っ子なりの親愛の表現なのだということくらい。だけど、私がわかっているということが、夫にはわからなかった。

ふいに、ママ友たちの視線が脳裏に蘇る。お財布がない、という言葉で、躊躇いもなく、真っ先に私を疑った視線が。

「……どうして信じてくれんと？」

私に言えたのは、それだけだった。

夫は、力なく首を横に振った。

「信じたとに、おまえが裏切ったんやろ」

たった今、何とか首だけ通した肌着を唯花がぐずりながら脱ぎ捨てる。

「ユイちゃん！」

怒鳴りながら肩をつかむと、唯花は全身をよじって手を払い、フローリングの上で亀《かめ》のように丸まった。うわあああ、うわあああ。私は耳が痛くなるような大声で泣き続ける唯花を見下ろし、「だったら、ずっとその格好でいたらいいけん」と吐き捨てる。

「おむつだけなんて、おかしかね。赤ちゃんみたい」

そう続けた途端に、唯花の泣き声がさらに大きくなって、苛立《いらだ》ちと自己嫌悪を同時に感じた。音を立ててため息をつき、肌着を拾い上げる。

「ほら、肌着だけでも着んね」

「イヤ！」

唯花は金切り声を出した。カッと頭に血が上り、私はその場にいることに耐えきれなくなって振り切るようにしてキッチンへ向かう。夕食の支度をしながら、大丈夫、大丈夫、と自分に言い聞かせた。もう六月だし、無理に着せなくても風邪なんてひかないはずだ。

そのまま唯花が泣き止むのを待ち、豆腐ハンバーグとサラダとケチャップライスのプレートを手にリビングへ戻った。「ユイちゃん、ごはんやけん」と声をかけると、唯花はふて腐れながらも無言で子ども用椅子《いす》によじ登り始める。結局、ほとんど裸のままだったが、もはや蒸し返す気にはなれなかった。

「はい、じゃあどうぞめしあがれ」

気を取り直して声のトーンを上げ、椅子の位置を整える。だが、唯花はテーブルの上を一瞥《いちべつ》するなりプレートをテーブルの奥に押しやった。

「ユイちゃん、これいらんけん」

私はため息を飲み込み、小首を傾《かし》げてみせる。

「だったら何なら食べると？　パンがよかと？」

「やだ！」

「何も食べんやったらお腹すくけん。ほら、このハンバーグ、ユイちゃんが好きなやつたい」

「たべんっていいよるたい！」

唯花は私が前に置き直したプレートを勢いよく払い落とした。プレートがひっくり返り、中身が床に散らばる。昨晩、唯花を寝かしつけてから下ごしらえをして作ったハンバーグ、前に唯花が『おいしか』と言って完食してくれたはずのケチャップライス。

「ユイちゃん！」

思わず声が尖《とが》った。

「食べ物を落としたりしちゃいかんよ」

「イヤ！」

肩に伸ばしかけた手を思いきり振り払われる。手を見下ろすと、甲に赤い線が走っていた。その上を右手でかばうように押さえて、「痛いよ」と唯花に言う。

「ねえ、ユイちゃん。ママ痛かったよ」

本当にそこまで痛かったわけではない。ただ、人のことを引っ掻いたりしたらダメなんだと教えなければと思った。きちんと今叱っておかなければ、唯花はよその子にも同じことをするようになってしまうかもしれない。

「ごめんなさいは？」

唯花は眉間《みけん》に皺を寄せてそっぽを向いた。

「ユイちゃん、いけんことをしたらちゃんと謝らんば。ほら、言ってみんね？」

できるだけ優しい口調で言ったはずなのに、唯花の顔が握りつぶされたようにくしゃりと歪む。あ、泣く。思ったときにはもう顔を真っ赤にして泣き出していた。うわああ、うわあああ。泣くことでしか意思を伝えられなかった赤ちゃんの頃の切実な泣き方とは、まるで違う泣き方。自分は傷ついたんだとアピールするような、こちらを責めるような泣き声に、胸がざわつく。

それでも何とかため息を飲み込み、唯花を抱き寄せた。

「大丈夫、ママもう痛くないよ。唯花も悪いことをしたとは思うたとよね？　だけんが怒られて悲しくなったとよね？」

唯花はさらに声を張り上げて泣き続ける。うわあああ、うわあああ、うわあああ。

頬が引きつるのがわかった。

「泣かんで」

低い声が喉から絞り出される。唯花が神経質な動きで裸の胸を掻き始めた。

「やめんね！」

慌てて唯花の両手をつかむ。けれどもう、胸には真っ赤な引っ掻き傷が何本もできてしまっている。

──もし、これを夫が見たら。

身体の芯が硬く冷えた。

「はなして！　ママ、いたか！」

反射的に腕を離した途端、嫌がる唯花に押し切られて服を着せられずにいたこと、爪を切れずにいたことが事実として押し寄せてくる。

私は、両目を見開いた。

──だったら、どうすればいいの？

話しても聞いてくれない。無理やりやらせようとすれば大声で泣く。唯花の意思を尊重すればこんなことになってしまう。

思えば、私は小学生の頃から、夏休みの宿題は七月中に終わらせるような子どもだった。

やらなければならないことが見通しが立たないまま積み重なっている状態がストレ

スで、その借金のようなものをすべて返済してしまわなければ心の底から休みを楽しめなかった。とにかく目の前のことを片づける。それから休む。そうして生きてきた私が最初につまずいたのは、社会人になったときだったと思う。

新卒で入社したのはウェブデザインの下請け会社で、仕事を締め切り前に片づければ、その次にあるのは休みではなく別の仕事だった。いつも仕事が速いから助かるよ、と言われてはにかんでみせながら、内心ではどうすればいいかわからずに悲鳴を上げていた。休みたい。終わりが見えない。でも締め切りぎりぎりまでの時間を程よく休みながら働くことができない。

同じ会社の先輩だった夫と結婚し、やがて子どもができて退職することになったときにはホッとした。これで、休むことができる。終わらせることができる。誰にも責められず、失望されない形で。

唯花は、私に自由をくれた。会社を辞めてから唯花が産まれてくるまでの数カ月は、ほとんど初めてと言っていいほどの安らぎに満ちたものだった気がする。

けれど、なぜだろう。いざ唯花が産まれてくると、生活は一変した。泣き叫ぶ唯花がいつ泣き止むのか、あるいは何とか眠ってくれた唯花がいつまで眠っていてくれるのか、まるで見通しが立たない日々が続いた。わかることは永遠ではありえないということだけで、けれど私には常に永遠に等しかった。

唯花が再び泣きわめきながら胸を掻き始めた。瞬《また》く間に引っ掻き傷が増えていく。一本、二本、三本――白い肌に浮かび上がる赤が、視界を染めて、やがて何も見えなくなる。

「やめなさいって言うとるやろ！」

一瞬、何が起きたのかわからなかった。

唯花の泣き声が止まり、リビングに唐突な静寂が落ちる。

次の瞬間、爆発するような泣き声が上がり、手のひらに熱く痺《しび》れる感覚がした。

――叩いて、しまった。

手のひらを、呆然と見下ろす。強張った首をぎこちなく巡らせて唯花を振り向いた。

唯花の小さな頬が、赤く腫《は》れている。

私は、ついに、唯花を――

「ごめん、ユイちゃん」

くずおれるように唯花を抱きしめた。

「ごめん、ごめんね。ユイちゃん、痛かったとね」

柔らかな髪が顎《あご》に触れる。唯花が力一杯しがみついてくる。その強さに、胸が締めつけられる。

「ママ、ごめんなさい」

「違うけん、ユイちゃんは悪くなかよ」

「ごめんなさい、ママ」

　かすれた声で繰り返す唯花は、もう胸を掻いてはいない。どうして初めからこうできなかったんだろう。唇を嚙みしめた。無理やり押さえつけるんじゃなくて、こうやって抱き寄せればよかったのに。「引っ掻いたらイタイイタイになるけん。ママ、ユイちゃんがイタイイタイになってしもうたら悲しいけん」そう言って、頭を撫でてあげればよかったのに。そうすれば唯花だってやめたかもしれない——本当に？

　私は母親になんてなるべきじゃなかったんだと思う、と唯花が産まれた直後から姉に漏らしてきた。姉はそのたびに、何言いよっと、と笑い飛ばしてくれた。大丈夫、そげんふうに悩むのは唯花ちゃんを大事に思うとるからやろ？　それだけで充分立派なママたい。

　姉にそう言われればそうなんだと思えたし、それ以上は自分を責めずに済んだ。

——だが、姉の言っていたことは本当に正しかったのだろうか。

このまま唯花と二人でいたら、ダメになる。

私はすがる思いで保育園の一時預かりを利用するようになった。だが、それで唯花と離れられるのは週一回、それも半日だけだ。仕事情報誌を手に取り、履歴書を書いた。働けば、唯花を保育園に入れることができる。そうすれば、もう唯花を叩いてしまわずに済む。

二十代半ばで仕事を辞め、それ以来何もしてこなかった自分が今さらできる仕事なんてたかが知れていると思っていたし、だから高望みもしなかった。

なのに、すべて落ちた。保育園が決まっていなかったからだ。

「とにかく、まずはお子さんの預け先を確保してきてください。お話はそれからです」

唯花を連れて行った面接で言われると、その足で市役所に向かい、事情を話した。けれど返ってきた答えは「既に働かれているわけではなく、求職中となると厳しかですね」というものだった。

「でも、保育園が決まらないと採用できないって言われたとですけど」

「ええ、みなさんそこで困られるとですよね」

職員は悪びれるというよりも心底不憫《ふびん》そうに眉尻《まゆじり》を下げて言い、わら半紙のような紙を広げた。

「だけん、まずは無認可に入れて就職していただき、そこから改めて認可保育園への入所申請を出される方が多かですね」

早速その晩、夫に資料を見せて説明すると、夫はまるで汚いものでも触るように紙をつまみ上げて眉根を寄せた。

「別に、そこまでして働く必要はなかとやろ」

夫の指が、無認可保育園の保育料の上を弾《はじ》く。

「大体、これじゃ働いてもほとんど意味なかたい」

「そいけど」

「それとも何ね？　今の生活費じゃ足りんとや？」

口にしかけた反論は、夫のそのひと言で身体の奥底に沈んだ。預けないと虐待してしまうかもしれない、なんてことは言えるはずがなかった。そんなことを言えば、もう叩いてしまった話もしなくてはならなくなる。

私は働きに出ることをあきらめ、もう二度と夫に相談はしなかった。唯花にアニメのDVDを見せながら、インターネットで虐待についてのサイトを読み続けた。子どもに対して苛立ってしまったときの気分転換法を検索し、子どもが何歳頃から自分の体験を記憶しているものなのかを調べた。子どもに手を上げてしまったことがあるという人は思ったよりも多く、安心したりもした。大丈夫、たった一回だけなら、虐待なんかじゃない。検索履歴を削除し、テレビに張りついている唯花に後ろから抱きついた。

「ユイちゃん」

唯花がくすぐったそうに身をよじって笑う。大丈夫、と私はもう一度自分に言い聞かせた。私は、こんなにも、唯花がかわいい。

だが、唯花が三歳の誕生日を迎えた三日後、私は再び唯花を叩いた。履かせようとした靴を投げられただけで、靴が顔に当たったわけでもなかったというのに。

太腿《ふともも》を叩きながら、こげんわるか子、ママもう知らんけんね、と言い放つ。唯花が泣き叫ぶと、「泣くなって言いよるやろ!」と怒鳴ると同時にさらに手が動いていた。

自分でも、どうしてそんなことをしてしまうのかわからなかった。自分の子どもなのに、まだたった三歳なのに、何がそんなに許せないというのか。

唯花の手足には痣《あざ》ができ、それが治りきらないうちに同じ場所を叩くようになった。叩いた直後は、もう二度とこんなことはしないと心に誓う。けれど何度でも、私は自分との約束を破った。

唯花の太腿を叩き、泣きながら抱きしめ、泣き叫ぶ唯花に羽毛布団をかぶせ、「うるさかね！　もう死なんね！」と怒鳴りつける。

死なんね、と口にした途端に、胸を鋭い刃物で突き刺されたような痛みが走った。ついに、言ってしまった。無事に産まれてくることをあんなにも願い、産まれてきた瞬間世界のすべてに感謝し、成長を感じるたびに写真や動画を撮って喜んできたはずの娘の死を願うような言葉を。

泣きながら虐待の相談窓口について調べ、心療内科について調べ、今度は検索履歴を消さなかった。早く、夫にも気づいてほしかった。止めてほしかった。誰か、誰か、今すぐこの子から私を引き剝がして。

家の中に唯花と二人でいることが恐ろしくて、夫に内緒で保育園の一時預かりを頻繁に利用し、それ以外の日はほとんど毎日、児童館へ連れ出した。けれど、児童館で他の母親たちを見るたびに、罪悪感が募るばかりだった。

どの母親も、驚くほど上手に子どもと向き合っているように見えた。優しい笑顔で一緒に遊び、何か叱らなければならないときも決して感情的にはならずに根気よく何がいけないのかを説明する。子どもは天真爛漫《らんまん》な笑い声を上げ、無邪気に母親にまとわりつく。

その場に居続けるのがつらいのに、他に行く場所がなかった。朝一番に児童館へ行き、帰りに外で昼食を食べ、帰ってくると昼寝をする唯花の横で自分も眠る。唯花が目を覚ますや否《いな》やテレビをつけ、最低限の家事を済ませると再び唯花を連れ出して買い物へ行く。テレビを見せ過ぎてしまったことに落ち込み、買い物中ひっきりなしに駄々をこねる唯花に腹が立った。

その日も、私は唯花を児童館に連れ出していた。だが、お昼の時間になっても、唯花は児童館を出ようとしない。お腹が空《す》いているために機嫌が悪く、なのにご飯を食べに行こうと誘っても帰り支度をしようとしなかった。散々泣きわめき、児童館の職員に手伝ってもらって何とか支度を終え、やっと児童館を出たのが十三時過ぎ。私も空腹で、疲れ果てていた。

車に乗せようとしてもぐずって乗らず、仕方なく近くの定食屋に行こうと決めて歩き出す。すぐに唯花は「だっこ！」と叫び、私は無表情で十キロを超える唯花を抱き上げた。

階段を登り始めると息が切れ、腕が痺れるような疲労を訴える。踊り場で足を止め、脱力した唯花に「ちゃんとつかまらんね」と声をかけたところで、唯花が眠ってしまったことに気づいた。私は足を止め、そのままくずおれるようにして階段の端に座り込む。

お昼はどうしよう、とぼんやり思った。定食屋で起こして何とか食べさせるか、車まで引き返して家へ帰って食べるか。眠ったばかりで起こせばお店でぐずるだろう。だが、家に連れて帰ったら、途中で目を覚まして「おなかがすいた」と泣き始めるはずだ。そうなれば、唯花はなだめてもすかしても絶対に泣きやまない。

私は、強い陽の光を照り返す石段を眺めた。どちらにしろ、もう一度唯花を抱き上げて元来た道を戻る気力はどこからも湧いてこない。今眠ってしまっているということは、家に帰ったらもう昼寝はしてくれないだろうと思うと、全身がさらに重くなった。暑くて、顔を濡《ぬ》らしているものが涙なのか汗なのかもわからなくて、頭の中がもやもやする。どうしてこの町はこんなにも坂や階段が多いんだろうと、そんなことも考えた。

そのまま、どのくらいそうしていたのかわからない。数分だったのか、数十分だったのか――気づけば、唯花が目を覚まして、泣きわめいていた。

「お腹すいたやろ。お店に食べに行こうか」

私は、反り返る唯花を地面に下ろし、重い腰を上げる。

「泣いてたら、もっとお腹がすくだけばい。この階段を登ったらすぐお店やけん」

手をつなごうと伸ばした腕を弾かれた。唯花は顔を真っ赤にして泣き叫び、地団駄を踏む。唯花の足が階段の端にかかるのが見え、短く息を呑んだ。

瞬間、脳裏に甥っ子の姿が浮かぶ。滑り台の上で、身体を前に倒れさせていく小さな背中——

「ユイちゃん!」

乾いた音が響いた。頰を叩かれた唯花が踊り場の中心に倒れ込む。

「危なかよ!」

目の前が白く染まり、耳鳴りがした。鼓動が痛いほどに胸を打ち、声が震える。

「何度言うたらわかると? 階段で暴れたらいかんていつも言うとるとね!」

「ごめんなさ、」

唯花が謝る声が途中で途切れる。唯花に向かって振り下ろす腕が視界の中心でぶれた。なんで、あんたは、そがんあるとね。なんで、ママの言うことが、聞けんとね。うるさか、黙れ、死んでくれんね——どこまでが本当に耳にした声で、どこからが頭の中で反響している声なのか、区別がつかなかった。振り上げられる腕が誰のもので、熱せられた石段の上に剝《む》き出しの膝をついてうずくまる女の子が誰なのか。

唯花の腕を引いて力ずくで立ち上がらせた。顔をかばおうとする手をつかんで剝がす。

やめなければ、と思った。これ以上やってはいけない。これ以上やったら、本当に、この子は死んでしまう。

私が、殺してしまう。

「何しよるとね！」

耳が、男の怒鳴り声を拾った。見つかった、と思うと同時に、見つけてくれた、とも思う。これで、すべては、終わりだ。私は唯花と引き離され――唯花は、死なないで済む。

けれど、そう思った瞬間、手のひらに触れていた唯花の肌の湿った感触が消えた。

唯花、と叫ぶ声は、声にならない。細く小さな肩が、私の手から離れてゆっくりと右へ傾いていく。

唯花は、まるで引き寄せられていくかのように、階段の方へとよろめいていった。

自転車に乗っていて、右にずれたら段差から落ちてしまう、と考えたらなぜか右に引き寄せられていってしまうのと同じように、身体が倒れていくのを止めようと右足が踏み出され、それに絡まるようにして左足がさらに右へと回り込む。

余計に傾いた身体を食い止めようとするように、右足を大きく出したところで――

唯花の身体がふっと階段の奥に吸い込まれて消えた。

どうしてこげんことをしてしまう前に誰かに相談しなかったとですか、と私の取り調べを担当した刑事は言った。

私は、誰かに、と口の中で復唱する。誰かに——誰にだろう？

唯花にイライラしてしまうことがある、唯花の成長具合が気になる、習い事をさせたいけれどお金もないし何をさせればいいのかもわからない、仕事を辞めなければよかったという後悔を拭えない——たとえば、私がそう誰かに相談していたとしたら、その人はどんな感想を抱いただろうか。

いいいいいいいいいいいいいいいいいいいい子どもの教育費のため、という理由で、ママ友の家からお金や物を盗んだ人間の妹に。

「被害妄想ですよ」

刑事はため息をついた。

「肉親が罪を犯したからと言って、あなたへの見方が変わるわけではなかはずです」

私はうつむき、親指の爪を指先で揉《も》む。

私はずっと、恐れていた。

いつか、姉のようになってしまうんじゃないか。姉のように、人の信頼を裏切り、自分と家族の人生を滅茶苦茶《めちゃくちゃ》にしてしまうんじゃないか――

「あなたはもっと、周りを信用するべきだったんですよ」

刑事の言葉に、呆然と顔を上げる。

「そうなんでしょうか」

かすれた声が、唇から漏れた。

「私が勝手に追い詰められていっただけで、本当は、私が相談できる相手はいたんでしょうか。みんな、私と姉の犯罪は関係がないと心の底から思ってくれていたんでしょうか」

ふいに、姉の事件について書かれた週刊誌を目にしたときの思いが蘇る。

母乳育児にこだわり、子どもにブランド服を着せ、部屋を清潔に保ち、習い事に熱心だった姉を批判する文面に、本当にそれが悪いことだったのかと考えたこと。

――たとえば、子どもが将来オリンピック選手にでもなって、その育児法だとして紹介されたとしたら、多くの人が「お母さんの献身のおかげ」だとして讃えるのではないか。

同じ出来事でも、別の情報をつけて見せられればまったく違う印象になる。

たとえば、姉が犯した罪が窃盗ではなく虐待だとして伝えられていたとしたら、私の言動は違うものに見えていたはずだ。

事件の第一報を受けた電話で唯花が寝ぐずりを始めたこと、ママ友との集まりで私が抱き上げた途端に赤ちゃんが泣き出したこと、お風呂に入れようと腕を引いただけで唯花が悲鳴のような声を上げたこと。

そして、唯花に苛立ち、手を上げてしまった瞬間――誰もが、やっぱり、と納得したのではないか。やっぱり、同じ血が流れた同じ環境で育った人間だから、と。

だとすれば、結局のところ、姉の罪と私への見方は無関係ではないということになりはしないか。

「私を追い詰めたのは、本当に私の被害妄想だけだったのでしょうか」

＊

『おじいちゃんのおばけカメラ』の作者　窃盗容疑で逮捕

福岡県警尾仲署は3日、窃盗の疑いで童話作家の桜井さとこ（本名、三上佐登子）容疑者（34）＝糟屋《かすや》郡篠栗町《ささぐりまち》尾仲＝を逮捕した。

逮捕容疑は、平成26年9月26日から平成27年1月12日にかけ、同町の女性（30）方から、現金約80万円、ネックレスやかばんなど（時価42万円相当）を盗んだ疑い。容疑を認めているという。

同署によると、三上容疑者は被害女性と同じ育児サークルに所属しており、友人関係にあったという。

三上容疑者は平成17年に『おじいちゃんのおばけカメラ』で第9回ひかりの創作童話コンクール審査員特別賞を受賞、平成20年までに「おじいちゃんのおばけカメラ」シリーズ3冊を上梓《じょうし》したが、以降は本が出ていなかった。

同署の調べに、三上容疑者は「夫の転職で生活費が少なくなり、子どもの教育費に不安を覚えた」などと供述しているという。

２０１５年２月４日付　北九州日報

許されようとは思いません

支線へ乗り継いでひとつ目の駅を離れると、途端に景色が山深くなった。深緑色、若草色、苔《こけ》色、鶯《うぐいす》色、松葉色、老竹《おいたけ》色――濃淡様々な緑がモザイク模様を描き、その中心を割るように海老茶《えびちゃ》色の線路が延びている。建物や看板といった国や地域を限定させるものが一つもない光景は、私が育った都内の住宅地のそれとはかけ離れているにもかかわらず、郷愁を呼び起こさせる。ただし、この光景が原体験にあるというわけでもない。そもそも私が電車でこの檜垣《ひがき》村を訪れるのは初めてのことなのだ。

十八年前、祖母が生きてこの村で生活していた一九七九年までは、毎年必ず盆と正月にこの村に来ていた。だが、私は父親が運転する車の後部座席で微睡《まどろ》んでいるだけだった。いつも気がついたら辿《たど》り着いている場所だった祖母の家には現実感がなく、自分が暮らす東京と地続きだとはとても思えなかった。

そこに今、自分の足で電車を乗り継いでやってきたのだということが不思議な気がする。行くにも帰るにも一日がかりだった場所が、数年前に山形新幹線が開業したことで半日で行けるようになったのだと思うと、手品の種を知ってしまったときのような、妙に拍子抜けした心持ちがした。

「何か、この線路の上を歩いて行くと死体でも見つかりそう」

花粉と虫の死骸《しがい》で薄汚れた窓に額を押しつけて水絵《みずえ》が言い、それで私はようやくまやかしの郷愁の正体に気づいた。私は単に「夏、田舎、線路」という組み合わせから、少年たちが線路伝いに歩いて死体を探しに行く名作映画を連想していただけなのだ。

「たしかに」

私は短くうなずき、車窓から水絵へと視線を滑らせる。期待を貼《は》りつけたその横顔に苦笑した。

「言っておくけど、楽しみにするようなものは何もないよ」

念を押したつもりだったのだが、水絵は目を輝かせたまま窓から両手を離さない。

「ここでの娯楽はパチンコかテレビくらいだ」私がつけ加えると、

「ああ、さっきの『コンホ』」

水絵はようやく窓から顔を引いて振り向いた。彼女が口にしたのは、つい先ほど過ぎたばかりの駅舎にあったパチンコ店の看板だった。おそらく店名は「コンボ」なのだろうが、文字がかすれて濁点が取れ、うらぶれた田舎という印象を強めていた。

「むしろコンォには入ってみたいくらいだけど」

「やめておけ。地元民から質問攻めにされる」

水絵は屈託なく笑ったが、私は冗談を言ったつもりはなかった。都会の空気を丸出しにした若い女性が足を踏み入れようものなら、実際に声をかけてくるかどうかはともかくとしても確実に注目を一身に集めることになるはずだ。どこから、何のために来たのか、地元の誰と繋《つな》がりがあるのか、いつまでいるつもりなのか——この辺りの人間は、それをひどく気にする。

「いいよ、訊《き》かれたら諒《りょう》ちゃんの生まれ育った場所を見に来たんだって答えるから」

「育ったわけじゃないって。本当にただ生まれただけだし、特に見るものなんかないよ」

私は慌《あわ》てて訂正した。別に慌てる必要はないのだが、何となく檜垣村で幼少期を過ごしたと思われたくなかったのだ。

実際、私にとって檜垣村は母の実家がある土地という以上の意味を持ってはいなかった。この村の助産婦に取り上げられたのだと言われたところで覚えがあるわけでもないし、母が里帰りをしていたのは私が生後ひと月になるまでに過ぎなかったのだから。

「大丈夫、わたしにとっては諒ちゃんが生まれた場所だってだけで特別だから」

水絵は柔らかく微笑《ほほえ》み、私は黙り込んだ。もちろん不快に思ったわけではない。ただ、こうして真《ま》っ直《す》ぐな言葉を向けられるとどう反応すればいいのかわからなくなってしまうだけだ。生来の無愛想な顔立ちとも相まって「何を怒ってるの？」と訊かれることも多いが、さすがにつき合いの長い水絵は真意を汲《く》んでくれたのだろう。「そう言えば諒ちゃんって赤ちゃんの頃も眉毛《まゆげ》太かったの？」などと弾んだ口調で続けている。

けれど水絵が本当に浮かれているわけではないことも、同じくつき合いの長い私にはわかった。彼女が先ほどから陽気な調子で話しているのは、私の気分が沈みがちなのを察しているためだということも。

――やはり、結婚するのであれば水絵のような人がいいのだろう。

改めて考えてから、私はここ数日「結婚」という単語がたびたび意識に上っていることを自覚してうろたえた。水絵は私の様子がおかしいことには気づかずに車窓の外を眺め続けている。いや、気づかないふりをしてくれているだけだろうか。

水絵から『見てこれ、また結婚式』と言って招待状を見せられたのは先週末のことだった。

『二十五歳になる前にラッシュが来るって本当だったんだね』

水絵は感心したように言うと、眉尻《まゆじり》を下げた。

『この半年で五回目だよ？　もう完全にご祝儀《しゅうぎ》貧乏』

こちとら売れ残りのクリスマスケーキ確定なのにねえ、とおどけた口調で言ってから、顔をくしゃりとしかめる。

『あ、今のなし』

『どうした』

『いや、我ながらいやらしかったと思って』

『何がだ』

『今ね、結婚を切り出してほしくてさりげなく結婚式の話題を出してアピールしようとしたわけ。でも何かそういうのって気持ち悪いじゃない。だからこの際訊いちゃうけど、諒ちゃんってわたしと結婚する気あるの？』

水絵は口早に言葉を重ねた。私はその速度と、何より「結婚を切り出してほしくて」というセリフに動揺し、間抜けにも『結婚？』と聞き返してしまう。

水絵はアピールという表現を使ったが、鈍感な私にはまったく伝わっていなかった。

水絵は結婚式に招待されることが多くて大変だな、と言葉の通りに受け取っていたのだ。

そうした意味では、「さりげなく」というのをやめてはっきりと尋ねてくれたのはありがたいのだが、私は咄嗟《とっさ》に答えることができなかった。

自分とて水絵との結婚を夢想してみたことがないわけではない。友人の結婚式に行けば新婦の姿に水絵の花嫁姿を連想したし、周囲からまだ結婚しないのか、早くしたらどうかとせっつかれるたびに、それもそうだなと考えてきた。

何せ、私たちが交際を始めてから今年で四年だ。お互いを知るには充分な期間だし、私としては水絵に対して不満があろうはずがない。明るくて聡明《そうめい》で気遣いができ、しかもこの私を好きだと言ってくれるなんて奇跡のような存在だということはわかっている。彼女を逃せば私が結婚できることはないだろうとも。

だが、それでも私は「水絵と結婚したいと思っている」という言葉を口にできなかった。

水絵は私が言葉に詰まるのを見ると、『まあ、ちょっと考えてみて』といつもよりもさらにさばさばした調子で切り上げ、そのまま別の話題へと移っていった。

それからの一週間、私は折に触れて返答を考えているものの上手《うま》く言葉でまとめることができないでいる。

いや、一番大きな理由ははっきりしているのだ。

――私の祖母が殺人犯だったからだ。

その事実が私を結婚の前で躊躇《ちゅうちょ》させているのは明らかだった。だが、そう水絵に答えることができないのは、それが理由のすべてではないのもわかっているからだ。

祖母が人を殺したことがあるというのは、既に水絵にも伝えている話だ。水絵は関係のないことだと言ったし――『あなたのお祖母《ばあ》さんがしたこととあなたは関係がない』と言ってくれた人はそれまでにも何人かいたが、『あなたの事情と、わたしがあなたを好きな気持ちには関係がない』と断言してくれたのは彼女が初めてだった――彼女は実際にその後も態度を変えることはなく、それから二年が経《た》つ今も私とつき合い続けている。

何より、それを知りながら結婚を切り出してきたのは彼女の方なのだ。そうである以上、祖母の罪を理由に二の足を踏むのは理のないことなのだろう。だが、祖母の過去がなければこれほど躊躇《ためら》うことはなかっただろうとも思う。私は――水絵は本当のところ結婚というものについてわかっていないのではないかという気がしてしまうのだ。

水絵は私を好きでいてくれている。一緒にいたいから、これまでも交際を続けてきたし、これからもそうするという意味で結婚を考えているのだろう。あくまでも交際の延長線上に続いている話で、違いは紙切れ一枚に過ぎないのだと。

だが、私にはどうもそうは思えないのだった。他人同士が家族になり、やがて新たな家族を作るということ。そこには交際関係とはまったく違った意味があるのではないか。

もし私たちの間に子どもが生まれれば、その子は生まれながらにして殺人犯の曾孫《ひまご》になる。――それだけではない。そもそも、祖母は祖父と結婚しなければ、殺人犯になることもなかったのだ。

「あ、見えてきた。あれだよね？　檜垣駅」

水絵の声にハッと我に返ると、『まもなく檜垣ー、檜垣です』というしわがれた声のアナウンスが耳朶《じだ》を打った。

私はデイパックを抱える腕に力を込める。

――もうすぐ、祖母が暮らしていた村に着く。

電車を降りた瞬間、腕の中の祖母の骨壺《こつつぼ》が、微《かす》かに重みを増したような気がした。

檜垣駅で車で来る母と合流することになっていたのだが、母は約束の時間になっても現れず、水絵に携帯を借りて母の携帯にかけても繋がらなかった。

「いつまでもここにいても仕方ないし、とりあえず先に寺に向かうか」

私が流れ落ちる汗を拭《ぬぐ》いながら提案すると、水絵も水筒のお茶をあおって「そうだね」とうなずく。

けれど、小さな木造の無人駅にはタクシー乗り場はおろか、客待ちしているタクシーも見当たらない。

「直接タクシー会社に電話して呼ばないといけないかなあ」

水絵は携帯を見下ろして言った。

「来るまでにどのくらいかかるかはわからないけど」

続けられた言葉に、私はうんざりと空を見上げた。熱くべたついた空気、じりじりと肌を焼く陽光――どこか店に入って休みながら待とうにも、その店がない。草藪《くさやぶ》に紛れるようにしてポツポツと点在する民家はどれも平屋か二階建てで、所狭しとマンションが立ち並んだ住宅街や高層ビル群を見慣れた目には落ち着かなかった。

「あ、でもバスがある」

ぼんやりと立ち尽くしていた私の横で、辺りを見渡していた水絵が声を上げた。指さされた先には、たしかにバス停の看板がある。時刻表にほとんど数字が並んでいないことは遠目にもわかったが、近づいてみると、幸いにも目的のバスは五分後に来るようだった。

背もたれが錆《さ》びて割れたベンチに腰を下ろしかけ、あまりの熱さに息を呑《の》んで立ち上がる。仕方なくデイパックだけを置いて傍らに立つと、水絵はデイパックを見下ろしながら何気ない口調で「そう言えば」とつぶやいた。

「お祖母さんってどういう人だったの?」

「ああ——優しい人だったな」

私は思い浮かんだ通りに口にしてから、世間一般にはそう認められることはないだろうと思い至る。殺人を犯したという過去に、優しい人という表現はそぐわない。だが、私にとってはこの言葉が祖母へ抱く印象のほとんどすべてなのだ。

祖母は私が遊びに行くといつも食べきれないほどのご馳走《ちそう》を用意してくれていた。ハンバーグに唐揚げ、カレーライス、ケーキ、アイスクリーム——どれも六十代の祖母と九十代の曾祖父《そうそふ》だけが暮らす家では食べないものばかりだったはずだ。祖母はくしゃりと目尻に皺《しわ》を寄せ、『諒一は食いっぷりがいい』と何度も言ってくれた。のんびり屋で引っ込み思案、日頃から覇気がないと叱《しか》られることが多かった私にとっては褒められることの方が珍しかったので、何だかくすぐったいような気がしたのを覚えている。

父方の祖父母のところは昔ながらの厳しい家で、遊びに行っても『勉強は頑張っているか』とばかり訊かれて気が抜けなかったが、母方の祖母は底抜けに私を甘やかしてくれた。好きなものを好きなだけ食べてよかったし、行儀作法について注意されたことも一度もない。

「母親なんかは、どうしてそうやって甘やかすの、わたしがいつも頑張って躾《しつ》けているのに台無しじゃないって怒っていたけど、『おめぇがしっかり躾けっだのは諒一ば見ればわがるったな。おめぇも諒一もいい子だ』って言ってニコニコ笑うんだよな。そう言われたら調子に乗って悪さをするわけにもいかないだろう？　母さんの顔も立てないとなんて思ったりして、結局自分からお手伝いするとか言い出してたな」

「お母さんのために頑張ったんだから実際いい子じゃない」

水絵が微笑んだところで、バスが重いエンジン音を上げながら姿を見せた。これで涼しい場所で一息つける、と思った途端に熱気を含んだ排気ガスが顔面に吹きつける。反射的に息を止めて後ずさり、そのまま乗車口へと回った。

路線を確認してから乗り込んだものの、念のため「尋岡《ひろおか》の方へは行きますか」と運転手に訊く。運転手が『尋岡？　行きますよ』とマイク越しに答えると、車内にかしましく響いていた会話がぴたりと止まった。嫌なものを感じながらも運転手に会釈《えしゃく》をして車内へと進む。優先席に老婦人が三人、後ろから二番目の席にセーラー服姿の女の子が一人座っている。会話をしていたのはもちろん老婦人たちの方で、前を通るとじっとりと粘っこい視線を感じた。真ん中より少し後ろの二人席に先に腰かけながら、水絵を振り返るそぶりで優先席をちらりと見やる。誰とも目は合わないのに、視線を外すと見られている気配を感じるから不思議だった。

何を言われているのか聞き取れないほどの囁《ささや》き声が這《は》ってくる。車窓のガラス越しに後ろの女子生徒をうかがうと、こちらはじっと強すぎるほどの視線で真っ直ぐに私たちを見ていた。

私は「いつだったか」と声のトーンを落として話を再開させる。

「中学に上がる直前だったかな。ばあちゃんにジャッキー・チェンの酔拳《すいけん》の真似《まね》をしてみせたことがあったんだけど」

「諒ちゃんが酔拳？」

水絵は私の隣に座りながら素《す》っ頓狂《とんきょう》な声を上げた。それほど大きな声ではなかったものの、優先席に座っていた老婦人たちが揃《そろ》ってこちらを振り向く。

「まあ我ながら、らしくないことをしたとは思うよ。夢中で腕を動かしてたらテレビにぶつかって壊しちゃったんだから」

「あらら」

水絵がおどけた口調で笑うと、再び始まりかけていた老婦人たちの会話がまた止まった。私が感じ取れるくらいなのだから水絵が気づいていないはずはないが、彼女はそんなことはおくびにも出さずに「それは焦《あせ》ったろうねえ」と両目を細める。

「それでどうしたの？」

「謝ったよ、もちろん。半泣きになって……いや、完全に泣いていたっけな。だけどばあちゃんは怒らなかったんだよ。『どうせ見ねぇべし、捨てっかど思ってだところだ』なんて見え透いた嘘《うそ》までついてくれて、それで本当にそのまま捨てちゃって結局買い換えなかったんだ」

「娯楽はパチンコかテレビくらいなのに？」

水絵は先ほどの私のセリフを引用してみせた。彼女は記憶力がよく、頭の回転が速い。私は、何気なく口にした自分の言葉がきちんと受け止められているのを感じて、気恥ずかしいような嬉《うれ》しさを覚えた。

「ああ。母親の話だと、本当は朝起きるとまずテレビをつけるくらいテレビっ子だったらしいけど」

六十代の祖母相手に「テレビっ子」という表現も何だが、実際祖母はかなりのテレビ好きだったのだろう。けれど新しく買ったりしたら私を慰めるための言葉が、嘘だったことになってしまう。祖母は、私を傷つけないためだけに、嘘を本当にしようとしたのだ。

「優しいお祖母さんだね」

感嘆混じりに言ってくれた水絵の声に、私は噛《か》みしめるようにうなずいた。

老婦人たちが下車した次の停留所でバスを降りて道沿いに五分ほど進むと、橋の袂《たもと》に小さな祠《ほこら》が現れた。

苔生《こけむ》した石柱と雑草に囲まれるようにして建っている大きな花崗岩《かこうがん》は前面が丸くくり抜かれ、中心に一対の男女が彫り出されている。男女は織姫と彦星のような古風な着物を身にまとい、手を取り合って微笑んでいる。ふくよかな顔立ちと単純な線で表現された細い目が福々しく――わずかに禍々《まがまが》しい。それとも、そうした印象を抱いてしまうのは先入観のせいだろうか。

胃の腑《ふ》が下に引っ張られたように重くなる。

私の脳裏に浮かんでいたのは、この石像の傍らに骨壺が無造作に転がっている光景だった。と言っても実際に私がこの目で見たわけではない。私はただ、母が泣きながら吐き出す言葉を聞いただけだ。

『泥や枯れ葉に半分埋もれていたのよ。蓋《ふた》が開いて中身が少しこぼれてしまっていて――』

母は『どうして』と繰り返し、声を詰まらせた。どうしてお母さんがこんな目に遭わなければならないの、どうして無理矢理にでも連れ帰ってこなかったんだろう、どうしてこんな村にいろなんてひどいことが言えたの――最後の言葉は、祖母を引き取ることに反対した父へ向けたもので、父は自分に矛先が向くたびに苦虫を噛み潰《つぶ》したような顔をしていた。

ごめんなさい、ごめんなさいお母さん――祖母の骨壺を抱いて泣きじゃくる母の声は、いつもとは別人のように幼く響き、私の耳の奥にこびりついていつまでも離れなかった。

『まさか、本当にお墓を掘り起こしたりするなんて』

そして、母が呆然《ぼうぜん》と口にした言葉が。

この石像を道祖神というのだと教えてくれたのは祖母だった。『サカイ様とも言うがね』祖母はそうつけ足して静かに続けた。

『サカイ様はその名の通り境の神様だからね、きっちりと境界ば作って、外から入ってこようとする悪いものば、締め出してくれるんだよ。それで境の内側にある村ば守ってくださる——ほら、節分のときに〝鬼は外、福は内〟って言うべ？』

そんな神様がいるということ自体が初耳だったが、私はそういうものかとすぐに納得した。村を守るために悪いものを締め出すという理屈が何となくこの村らしい気がしたからだ。

サカイ様は禍《わざわい》をなくす神でも、人々の安寧を等しく願う神でもない。ただ、境界の内側にさえ禍が入ってこなければいいというだけなのだ。それは、よそ者を締め出して結束を強めていく村人の姿勢と重なるように思えた。

だから私は両親に連れられて祖母の家に行くたびに村の雰囲気に薄気味悪いものを感じても、それが異常なことだとは考えなかった。村の人々は私に話しかけることはなく、湿った視線を投げかけてくるだけだったが、そういう村でそういう人たちなのだろうと単純に思っていたのだ。

そうではないと知ったのは、小学校の中学年に上がった頃だったと思う。

その年は父の仕事の都合で帰省の日程がずれ込み、初めて夏祭りの最中に帰省することになった。私は夏祭りと聞いてはしゃいでいた。村の祭りが東京のそれとどう違うのか興味があったし、何より屋台が出ると聞いたからだ。たこ焼き、綿飴《わたあめ》、ベビーカステラ、フランクフルト、焼きとうもろこし――どれをどの順で食べようかと頭を悩ませる私に、けれど祖母はいつものように「諒一は本当に嬉しそうに食べ物の話ばするねぇ」とは笑ってくれなかった。浮かない顔でぼんやりと相槌《あいづち》を打つ祖母を見て、私は暢気《のんき》なことに「もしかしてせっかくご馳走を用意したのにと思ってがっかりしているんだろうか」と考えた。それで慌てて『おばあちゃんの唐揚げも食べたい！』と続けたのだが、祖母は虚をつかれたように目を見開いた後、さらに悲しそうに目を伏せた。

『いいんだよ、何でも好きなものば食べておいで』

祖母は私の頭を撫《な》で、お小遣いとして千円をくれた。てっきり祖母が連れて行ってくれるものだと思っていた私は『おばあちゃんは行かないの？』と首を傾《かし》げた。祖母は『頭が痛いから先に休ませてもらうよ』とだけ答えると、珍しくそのまま寝室に入って行ってしまった。

『おばあちゃん、大丈夫かな？』

私は心配になって母に訊いた。母は『大丈夫よ』とそっけなく言い、出かける支度を始めた。そうか、おばあちゃんは頭が痛かったから元気がなかったんだ――私は合点し、祖母のために薄荷パイプを買って帰ろうと心に決めた。スースーするところが私はあまり好きではなかったが、頭が痛いのが少しは楽になるかもしれないと考えたのだ。

だが、結局私が薄荷パイプを買って帰ることはなかった。私がその日買うことができたのは、綿飴と焼きとうもろこしだけだった。

そもそも、私が想像していたような屋台らしい屋台はほとんど出ていなかった。目を引く原色ののれんがかかった屋台は綿飴と焼きとうもろこしのものだけで、それ以外は白い味気ないテントが点在しているだけだったのだ。

私は落胆を隠せず、まず綿飴を買って頬張りながらテントを見て回った。すると、不思議なことに気づいた。村の人々はお金を払うわけでもなく、瓶に入ったジュースや餅《もち》やスイカをもらっていたのだ。

——あれは、もらえるものなんだ。

嬉しくなった私は、スイカをもらうためにそのテントへと続く列に並んだ。だが、私がケースの前まで辿り着くと、それまでにこやかにスイカを配っていた老人は一瞬にして顔を強張《こわば》らせ、『おめぇ、久見《ひさみ》んとごの』と低く言った。村の人に話しかけられるのが初めてだったので驚きながらも『はい』と答えると、スイカに包丁を当てていた老人は手を止めた。

『……もうねぇ』

老人は包丁をまな板に置いて言ったが、私は何を言われたのかすぐにはわからなかった。

『え？　でも……』

私は訊き返しながらスイカに目を向けた。老人はバツが悪そうに顔をしかめると、『こいづは予約分だ』とだけ言ってテントの奥へ引っ込んでしまった。何が起こったのかわからないながらも、どうやらスイカはもらえないらしいということだけは理解した私は、仕方なくジュースのテントへ向かった。

だが、ここでも同じだった。見るからにジュースは残っているのに『もうねぇ』と告げられる。思わずケースへ視線を移すと顔を背けて無視される。餅のテントでも断られる頃には、いくら鈍い私でも自分だけがわざともらえないのだということに気づかざるをえなかった。けれど、なぜそんなことをされなければならないのかがわからない。泣きべそをかいて境内の脇《わき》で待っていた母のところに戻ると、母は『ちょっと待ってなさい』と言って焼きとうもろこしを買ってきてくれた。母には売ってくれるのに自分にだけ売ってくれないのだと私はさらに泣き、困り果てた母はため息をついて言った。

『そうじゃないの。お母さんだから売ってもらえたんじゃなくて、あの店だから売ってくれたのよ』

『……どういうこと？』

『あの焼きとうもろこしのお店の人は村の外から来た人だから』

母の答えは要領を得なかった。だが時間と言葉を費やして説明されているうちに、私にも朧気《おぼろげ》ながら状況がつかめてきた。

祖母は村の中で仲間外れにされていたのだ。その祖母の孫だと知られたからもらえなくなったのだし、綿飴と焼きとうもろこしの屋台は村の外の人が出していたから普通に売ってくれただけなのだ。

『大人なのにそんなことをするの？』

驚いて尋ねると、母の顔が泣き出しそうに歪《ゆが》んだ。

『……そういう大人もいるの』

それを機に、私は少しずつ祖母が置かれた状況を把握していった。

たとえば祖母はいつもゴミを村の中のゴミ集積所には捨てず、リヤカーでどこかへ運んでいるようだった。私はそれを不思議に思ったことはなく、祖母なりの考えがあってやっていることとなのだろうと勝手に了解していた。

だが、よく考えてみればゴミをリヤカーで運び出す不便さを祖母が望んでいるわけがなかったのだ。

怪訝《けげん》に思って母に尋ねると、母は渋々ながら集積所にゴミを出しても回収してもらえないのだと教えてくれた。どうして、と訊いても、どうしても、と答えられる。どこかに運び出すにしてもなぜ車ではなくリヤカーなのかとさらに訊くと、『車が壊されたの』という説明が返ってきてぎょっとした。

『ぶつけられちゃったの？』

『そうじゃないわ。村の誰かに叩《たた》き壊されたのよ』

怒気のこもった母の答えに私は言葉を失い、思わず一歩後ずさる。

『……なんで？』

自分でも何がわからないのかもわからないままにそうつぶやいていた。私には故意に他人の車を叩き壊すということが想像できなかったのだ。

『とにかく頭のおかしい村なのよ』

母は忌々《いまいま》しげに言い捨てた。

『事件のことを警察が訊いてもみんなして知らないって答えるの。自分で壊したのを他人のせいにしようとしてるんじゃないのって。そんなわけあるはずないじゃない。——なのに警察も面倒くさがってああそうですかって納得したふりをして何もしないのよ』

村の集まりには呼ばれないし、回覧板だって回ってこない、そのくせ知らないことがあると文句を言われるの、と投げやりに続けた母に私は怯《おび》え、『おばあちゃん、大変なんだね』と形ばかりの相槌を打つことしかできなかった。

少しずつ母の言葉の意味が飲み込めてきたのはさらに数カ月が経ち、小学校の社会科の授業で警察の仕事について勉強してからのことだったと思う。みんなのくらしの安全を守る、というフレーズを目にしてハッとした。

——おばあちゃんは、この「みんな」に入っていないのだ。

生活の安全を保障する存在のはずの警察すら頼りにならず、ゴミ収集というライフラインからさえ締め出されているということ。

母は祖母が置かれたそうした状況を「村八分」という言葉で表現した。私は祖母が受けている仕打ちを知ってもなお、その江戸時代か何かの頃のものだと思っていた風習が現代にも行われているのだということがなかなか信じられなかった。

『どうして村八分になんてされてるの?』

私がそう訊いたのは、理由がないのにこんなことをされるわけがないという思いからだった。母は憎々しげに答えた。

『おじいちゃんのせいよ』

母の口にしたおじいちゃんとは、私にとっての曾祖父のことだった。詳しく話を訊くと、曾祖父はしばらく前から惚《ぼ》けがひどくなり、そのせいで勝手に用水路の水門を開けに行ってしまうことがあるというのだった。曾祖父が若い頃水路監護人という職に就いていたことは周知の事実だったから村の人々も最初は理解を示してくれていたが、回数が二度、三度と重なり、ついに実際に農作物に被害が出るようになると堪忍《かんにん》袋《ぶくろ》の緒が切れたらしい。

水路の管理は共同体にとって生命線の一つなのだから、それを勝手にいじる曾祖父が敵意を向けられるのはある程度仕方がないという話だったが、不思議だったのは、その怒りが曾祖父にではなく祖母に向けられていたことだ。

あそこの嫁がちゃんと見ていないから――怒りは常にそこに集約された。曾祖父は檜垣村で生まれ育った完全な村民だったが、祖母は外から嫁いできた「よそ者」だったからだという。

『最近引っ越してきたの？』と訊くと、『もう四十年になるんじゃないの。わたしが産まれる前から住んでいるんだから』という答えが返ってきて、私はますます混乱した。四十年住んでいてもまだ「よそ者」だということは、一体いつになったらよそ者じゃなくなるというのか。

祖母は祖父に嫁ぐために檜垣村に来て、義理の両親と同居しながら母を育ててきたが、祖父が病気で他界したことで檜垣村での拠《よ》り所を失ってしまったらしい。それでも村を出ようとしなかったのは、祖父から義父母の世話を頼まれており、また三つ先の郡にある実家から「一度他家に嫁いだ者が実家の敷居を跨《また》ぐことは許さない」と厳しく言われていたからだ。その頃はまだ曾祖父も矍鑠《かくしゃく》としており、村八分という事態にもなっていなかったから、特に無理をして子どもを連れて村を出る必要も感じなかったのかもしれない。

状況が変わったのは、高校を卒業した母が見合いで出会った父の元へ嫁ぐために村を出て、曾祖母が他界してからのことだった。

祖母の苦境を知ると、一人娘である母はすぐにでも祖母を引き取りたいと考えた。だが、これは父が許さなかった。父は長男で、ゆくゆくは自分の両親と同居して面倒をみると決まっていたからだ。父と母はそのことで何度か揉《も》めてきたようだったが、結局のところ母はいつも引き下がっていた。

それでも当時、祖母は村のヒエラルキーの最下部に属していたわけではない。最も悲惨な暮らしを強いられていたのは野路《のじ》家だった。

野路家は、元々妻の方が檜垣村の出身だったそうだ。何十年も前、妻は村長の息子との縁談を断り、旅先で出会った夫と結婚するために駆け落ち同然に村を出ていた。以来、実家とは没交渉になっていたものの、夫が失業して経済的に困窮したために、夫と子を連れて親を頼りに出戻ってきたのだという。だが、いくら村の出身者とは言え、一度村を捨てた妻への風当たりは強く、よそ者である入婿《いりむこ》と子への仕打ちはそれ以上だった。

さらに数年して妻の親が死ぬと、野路家はますます孤立した。だが、村に来て以来蓄えが減るばかりだった彼らは、家賃なしに住める家から出て行くわけにもいかない。酒量が増えた入婿は妻子に手を上げるようになり、ついには隣人と口論になった挙句、相手に手を上げた。

それを機に野路家への制裁は「村八分」へと切り替わった。農作業用の機械を壊され、雪かきで集めた雪が野路家の前に積み上げられる。隣人とのトラブルも増え、激《げっ》昂《こう》した入婿は隣人を殴り殺すという事件を起こした。

そして野路家の扱いは、それ以降「村十分」に変わったのだ。

そもそも村八分とは、共同体の生活行為の内、葬式の世話と火事への対処を除いた一切の交流を絶つことを意味していたらしい。つまり、その二つだけは例外的に仲間に入れてもらえていたということだ。それはおそらく死体を放置しておくと衛生的に問題があるとか、きちんと消火しないと延焼する恐れがあるとか、そうした実用的な要請からの例外だったのだろう。

だが、野路家は事件を起こしたことによってそこからも外されることになったのだった。

村では通常、葬儀屋に丸投げせずに自宅葬で近隣住民が助け合って葬儀を執り行うことになっているが、事件後、逮捕される直前に自殺した野路家の入婿の葬儀には、誰一人として手を貸さなかった。それどころか、村外の葬儀屋が墓に納めた骨が後日掘り起こされ、道祖神の傍らに捨てられていたのだ。

——数年後、私の祖母が辿ることになった末路と同じように。

私は、ふいに足を止めた。目の前には見覚えのある景色が広がっている。

県道から直角に山へと延びた細い私道。その先にあるのは、祖母が入り、安眠することができたはずの墓地だ。

私は無言で坂を登り始める。

——野路家のことを、祖母はどう思っていたのだろう。自分より悲惨な境遇に置かれた者がいるということは少しでも祖母の慰めになっただろうか。

否《いな》、という答えがすぐに心に浮かんだ。祖母はそういう人ではなかったはずだ。祖母はおそらく、心を痛めていただろう。

ふいに、祖母の言葉が思い浮かぶ。

『終わりがねぇものはおっかねぇよなぁ』

何の話をしていたときの言葉だったか。——そうだ、野路家の葬式の話を聞いた幼い私が、死ぬのが怖いと泣いていたときだったはずだ。大丈夫、死んだ後のことなんか考えても仕方ないと言ってくれるだろうと思っていたのに、祖母は『おっかねぇよなぁ』と口にした。

『終わりがあるとわがっていれば、人間、大抵のことには耐えられるもんなんだけどねぇ』

野路家の存在——自分よりさらに下がいるという事実は、今より境遇が悪くなりうるという恐れとなって祖母を追い詰めていたのではないか。

水絵の携帯に母から連絡があったのは、寺へと続く山道の中腹に差しかかったタイミングだった。手渡された携帯を耳に押し当てる。

もしもし諒一、と忙《せわ》しなく耳に飛び込んできた声にほんの少し面食らった。

「ああ、母さん」

どうしたんだ、と続けかけた言葉を『あんた今どこなの』と鋭く遮られる。

「寺の前に着いたところだけど」

ひとまずそう答えると、はあ、と息を吐く音が耳に届いた。

『よかった、あんたたちは無事に着いたのね』

「無事にって……」

不穏な言葉に、私は咄嗟に水絵を振り返る。水絵も驚いたように目を見開いた。私は携帯を握る手に力を込める。

「何かあったのか？」

『尋岡に入る手前の道で土砂崩れがあったみたいで通行止めになっちゃったのよ』

「え？」

声が裏返った。

「それ、大丈夫なのか？」

『平気よ、道が塞《ふさ》がっちゃっただけだから。でも変よね、雨が降ったわけでもないのにいきなり土砂崩れなんて』

母は早口に喋《しゃべ》ると、

『通れるようになるまでかなり時間がかかりそうだし、お母さん携帯の電池が切れそうだから、今日はもうあんたたちだけで――』

プッ、という唐突な音を最後に通話が途絶えた。皮脂のついた画面を呆然と見下ろしていると、後ろから「何かあったの？」と水絵が心配そうな顔を出す。

「いや、何か道が通行止めになってるらしくて、今日はもうあんたたちでやってくれって」

土砂崩れ、というところは省いて伝えると、水絵は目をしばたたかせた。

「通行止めって……迂回路《うかいろ》はないの？」

「どっちみち寺に連絡してある時間には間に合わないだろうな」

私は答えながら携帯を水絵に返し、デイパックを抱え直した。今日電車に乗るなり肩紐《かたひも》が切れたそれは持ちづらく、すぐにずり下がってきてしまう。

「とりあえず目的を果たすか」

再び山道を進み、車が二台ほど停まった駐車場の脇を曲がって寺の敷地に足を踏み入れる。水汲み場を通り過ぎて入口へと向かい——そこで足を止めた。

「あれ……」

「……閉まってる？」

水絵がぽつりと私の言葉の後を継いでつぶやく。

墓へと繋がる木の扉が閉ざされていた。周囲を見回してみるが、石垣が続いているのみで他に扉はない。あまり強固な造りにも見えなかったが、押しても引いてもぴくりともしなかった。

「どういうことだ」

「諒ちゃん、今日納骨したいってお寺に話したんだよね？」

短くうなずくと、水絵は小首を傾げる。

「そうじゃなくても、お盆前のこの時期に閉めたりするかなあ」

駐車場には車が停まってたのに、と背後を振り返った。

「お寺のものだったのかな。お寺の人に訊いてみよっか？」

「ああ、そうだな」

困惑している私を置いて、水絵はさっさと寺務所へ向かう。

「ごめんくださーい！」

躊躇いなく声を張り上げ、窓口のガラスをノックした。だが、しばらく待っても応答がない。

「おかしいねえ」

水絵はのんびりと首を傾げ、木の扉の前へと戻ってくる。扉が開かないことをもう一度確かめてから、腰に手を当てた。

「待ってみる？」

結局、気を取り直すような口調でそう続けたのも水絵だった。

「そうだな」

私がぎこちなくうなずくと、水絵は寄付板の傍らに設置されたベンチにシートを敷き、手際《てぎわ》よく鞄《かばん》から水筒と紙コップを取り出す。おにぎりやタッパーを次々に並べてベンチに腰かけ、隣にハンカチを敷いた。その上を促すようにポンポンと叩くが、見ると彼女は直接ベンチに座っている。

「ハンカチは自分で使えよ」

「諒ちゃんのじゃないよ、お祖母さんの分」

水絵は目線でデイパックを示した。私は「ああ」と間の抜けた声を漏らしてデイパックをハンカチの中心に置く。さらに隣に腰を下ろすと、祖母の骨を挟む形になった。

奇妙な構図に戸惑う私をよそに、彼女はテキパキとタッパーを開け、紙皿に私と祖母の分のおにぎりとおかずを取り分けた。両手を合わせて「いただきます」とはっきり発音し、軽く頭を下げる。私も一拍遅れておにぎりにかぶりつくと、塩気が効いた白米の中心には私の好物の唐揚げが入っていた。私は味わって咀嚼《そしゃく》しながら、木の扉と石垣を振り返る。

「……まあ、頑張れば越えられないこともないか」

「え？　この石垣を？」

水絵が目を丸くした。

「それしかないだろう」

私は当然のことを答えたつもりだったが、水絵は考え込むように石垣を見上げた。

「わたし、登れるかな」

「ん？」

私はそこで、彼女が自分も登ろうと思っているのだと気づいた。

「いや、水絵はここで待っていてくれればいいよ」

「あ、そうか」

水絵は拍子抜けしたように言ってはにかむ。どうやら待っているという選択肢は考えもしなかったらしい。私はそんな彼女をおかしく、また好ましく感じた。

水絵は両手に持っていたおにぎりを食べてお茶を飲み、「今さらなんだけど」と切り出す。

「そもそも、どうしてお祖母さんの骨はお墓に入ってないの？」

純粋な疑問をそのまま口にしているような水絵の口調に、私は「ああ」と声を漏らした。

「話していなかったか」

そう言えば、彼女には祖母が殺人犯として刑を受けたことがあるとは伝えていたものの、何があったのかまでは話していなかった。

私は、彼女が注いでくれたお茶を渇いた喉《のど》に流し込むと、十八年前、私が中学に上がった年の夏に起きた事件について話し始めた。

その日は、今日と同じく特に暑い日だったという。

祖母はいつものようにゴミを捨てに村を出て、数キロ先の町で食料品を買い込んで村に戻ってきた。行きよりも重く感じられるリヤカーを引きながら坂を登り、額から流れる汗を首にかけたタオルで拭い、角を曲がって何気なく田圃《たんぼ》に目を向けたところで異変に気づいた。

中干しを始めたばかりで水が抜かれているはずの田圃に水が溢《あふ》れていたのだ。祖母が呆然と足を止めるのと、田圃の持ち主である小沼《おぬま》の主人が飛び出してくるのがほとんど同時だった。

『またやったのか！』

小沼に怒鳴られるまでもなく、祖母も状況を理解していた。また、曾祖父が勝手に水門を開いたのだ。

祖母はリヤカーを投げ出して地面に額《ぬか》ずき、謝り倒した。その間にも小沼は罵声《ばせい》を浴びせ続けてくる。垂れた汗が目に入り沁《し》みたが、祖母は拭うことすらできずに頭を下げていた。

突然こめかみに鋭い痛みと衝撃が走った。祖母の口からぎゃっという小さな悲鳴が漏れる。地面に子どもの拳《こぶし》ほどの大きさの石が転がり、それを投げつけられたのだという認識に祖母は遅れて至った。こめかみに触れるとぬるりと滑る。赤く血に塗《まみ》れた指先を呆然と見下ろした。小沼は舌打ちを重ねて走り去っていく。

けれど祖母には、小沼がこれで溜飲《りゅういん》を下げたわけでも、傷を負わせたことにおののいたわけでもないとわかっていた。この場を去ったのは単に水門を閉めに向かっただけで、おそらくこの後さらにひどい制裁が加えられることになるのだろうと。よりによって小沼は村長の分家筋に当たる家だった。このまま済まされるはずがない。

祖母は震える腕でリヤカーの取っ手を拾い上げ、汗と血で濡《ぬ》れた顔もそのままに家へと急いだ。

道を歩いているのが恐ろしかった、曾祖父を問い詰めなければならないと思った、ひどく喉が渇いていてとにかく水が飲みたかった——その中のどれが一番強い理由だったのかは祖母自身にも判別がつかなかったそうだ。ただ強い眩暈《めまい》がしていて、ここで倒れ込んだら終わりだという恐怖があったという。

実際、七十歳近い祖母が炎天下の道端に倒れていれば命に関わる事態になっていたかもしれない。祖母を介抱してくれる人間が村にいたとは思えないし、そのときはまだ十四時を回ったばかりだったのだ。

何とかして家に辿り着いた祖母の目にまず飛び込んできたのは、惚《ほう》けた顔で土壁に背を預け、煙草《たばこ》をふかしていた曾祖父の姿だった。傍らにはピルケースが落ちており、鎮痛剤を服用したばかりだとすぐにわかった。このとき既に曾祖父は末期癌《まっきがん》を患《わずら》っていたのだ。祖母は、曾祖父の濁った両目を見て息をついた。これは今話しても意味がないだろうか――重く痺《しび》れた頭でそう考えた瞬間だった。

曾祖父は、唇の端を吊《つ》り上げるように歪めた。

『小沼のやつ、泡食ってたろう』

祖母はその瞬間、気づいたのだ。

曾祖父が、若い頃にやっていた仕事と混同して水門を開いてしまっていたわけではなかったということに。曾祖父はそれが悪いことだとも、それで困る人がいることも、それによって祖母がひどい境遇に置かれることになっているのもわかっていた。わかっていて、わざとやっていた――

ただし、本当にこのときそう考えたのかは祖母にもよくわからないという。後に裁判の中で、曾祖父が村人に「ざまあみろ」などと暴言を吐いていたことが明らかになってから抱いた思いが混ざっているかもしれない。ただ確かなのは、このとき祖母は、腹の底から激情が湧《わ》き上がるのを感じていたということだ。目の焦点が合わず、なのに曾祖父の淀《よど》んだ笑顔だけは視界の中心に見えていたらしい。祖母はスーパーのレジ袋を玄関に落とすと、土足のまま台所へ上がって行った。

手にしたのは、出かける前に夕飯の下ごしらえに使っていた豚肉を切った包丁ではなく、シンク下にしまわれた、前の晩に研いだばかりの包丁だった。

祖母は曾祖父に向き直り――気がつくと、曾祖父の腹部に包丁を突き立てていた。祖母はその後しばらく呆然と座り込んでいたが、我に返ると慌てて一一九番したらしい。だが、救急隊員が来たとき、既に曾祖父は絶命しており、手の施しようもなかった。ほとんど即死だったのではないかという。

祖母が曾祖父を殺したとの報は、瞬《また》く間に村中へと広がっていった。村は震撼《しんかん》した。

まさか、あの女が――

村の人々にとって祖母とは、いつも申し訳なさそうに小さく身を縮こまらせている だけの存在でしかなかった。いくら罵声を浴びせ、嫌がらせをしても、何かを言い返したり反発したりすることはなかったのだから。

だが、祖母は「包丁で刺して殺した」と自供し、すぐに逮捕された。状況を見ても他の可能性は考えづらかったし、そのこと自体に疑いを持つ人はいなかった――いや、それは正確ではない。本当のところ、疑問を抱く人は少なくなかったのだ。

たとえば母は、祖母がそんなことをするわけがないと繰り返した。だってどうして殺す必要があるのよ。そんなにおじいちゃんが嫌なら見捨てて村を出ればよかっただけじゃないの。もしそれができなくても他にも殺し方はいくらでもあったはずなのに

――母の主張は裁判でも争点の一つになった。すなわち、祖母はなぜ刺殺という方法

を取ったのかということについては複数の人間が不自然さを感じたのだ。

毒草を誤って食べたように装《よそお》うこともできたはずだし、事故に見せかけて階段から突き落としたってよかった。第一、放っておいても末期癌だった曾祖父の寿命は長くてもあと数カ月ほどのものだっただろう。それなのに、なぜ——

母は「おじいちゃんに殺してほしいと頼まれたんじゃないか」とも言い出した。癌の苦痛から解放してほしいと頼まれて応《こた》えてやっただけなのだと。だが、これは祖母自身が否定した。

「私は自分の意志で殺しました。許されようとは思いません」

背筋を伸ばして静かに供述する祖母の声音には迷いはなく、深い反省があるようにも開き直っているようにも見えた。

そしてその祖母の言葉を機に、裁判は収束へと向かっていったのだった。

それでも、祖母が殺人という行為を選んだこと自体に理がなかったという点は、祖母の殺人があくまでも衝動的なものであったことを証明する論拠として使われた。また、祖母が置かれ続けてきた厳しい情状が酌量され、祖母に下された判決は懲役五年という軽いものとなった。

だが、結局祖母は村に戻ってくることはなかった。判決が出てすぐ、癌を患っていることが発覚し、そのまま獄中で亡《な》くなってしまったのだ。皮肉にも曾祖父と同じ肺癌だったという。

祖母が殺してしまったのは、村にとっても害悪であったはずの曾祖父だった。だが、亡骸《なきがら》となって村に戻ってきた祖母を待ち受けていたのは村十分という末路だった。

祖母の葬式は、母が喪主となって都内の葬儀場で身内のみで執り行われた。その上で母は祖母の骨を久見家の墓へと納めた。だが、その後祖母の荷物を整理しに帰郷した母は、道祖神の傍らに祖母の骨壺が捨てられているのを目にすることになる。

祖母が野路家と同じ扱いを受けることになった理由は一つしかない。

——「村の人間を殺したよそ者」という点では二者に違いはなかったからだ。

私は、細く長く息を吐くと、歪《いびつ》な形をしたデイパックに視線を落とした。信心深く、先祖の墓を他のどの家よりも綺麗《きれい》に保っていた祖母。祖母はいつも私を連れて墓に行くたびに、墓に向かって長いこと手を合わせていた。

「だけどあれから十八年が経って、あの頃村十分に加担していた人たちもほとんどいなくなって代替わりしただろ？　十七回忌も終わったことだし、そろそろちゃんと墓に入れ直してやりたいって話になったんだ」

話し終えたとき、水絵の表情はいつになく険しいものになっていた。私は彼女の気持ちも考えず、自分の中の整理しきれない感情を吐き出してしまったことに気づいて申し訳なくなった。

「ごめん、こんな話……せっかくのごはんがまずく」

「違うの」

水絵は低く遮り、眉間《みけん》の皺を濃くした。宙を睨《にら》みつけ、手にしていた紙コップを強く握る。コップがたわみ、ほんの少し中身がこぼれた。

「そうじゃなくて……本当にそれでいいのかなと思って」

「それって？」

私は彼女が何を言おうとしているのかわからずに問い返した。水絵はまだ何かを考え込むように口元に手を当てながら、小さくつぶやく。

「本当にお祖母さんの骨をお墓に入れちゃっていいのかな」

「またどうせ掘り返されるんじゃないかってことか？　でもあれからずいぶん時間が経っているし、納骨し直すことだって住職の了解を得ているんだから……」

「ううん」と彼女は首を振った。

「いいいいいいいいいい」

「もう誰も掘り返さないかもしれないからよ」

——誰も掘り返さないかもしれないから？

水絵は何を言っているのだろう。水絵は焦点の合わない目を私へ向けてきた。

私は首をひねる。

「ねえ、さっきの話、少しおかしいと思わない？」

「何が？」

「どうして、お祖母さんはひいお祖父さんが病死するのを待てなかったのかな」

率直すぎる表現に、私はぎょっとした。けれど水絵は目を見開いた私に構わずに続ける。

「それまで何年も我慢し続けてきたわけでしょう？　あとちょっとの辛抱だったのに」

「いろんなことが重なってついカッとなったんじゃないか」

「衝動的にやってしまったのなら、どうしてまな板の上に出ていた包丁じゃなくてわざわざシンク下にしまってあった包丁を出し直したのかしら」

「それは、ひいじいちゃんが憎かったから、より苦しみそうな方を選んで……」

「だったら逆じゃない？」

水絵は鋭く言った。

「豚肉を切った後の切れ味が悪い包丁の方が刺された相手は苦しむはずじゃない。それにひいお祖父さんは刺されたとき鎮痛剤を使っていたんでしょう？　本当に相手を苦しませたいのならそんなタイミングを選ぶかしら」

水絵は化粧気のない顔を伏せる。

「お祖母さんは、ひいお祖父さんが憎いから殺したわけじゃないんじゃないかと思うの」

私には、彼女が何を言いたいのかがわからなかった。憎いから殺したんじゃないのなら何だというのだろう。

すると水絵は思いもよらないことを言った。

「お祖母さんは、ただ誰かを殺したかっただけじゃないのかしら」

「誰かを殺したかった？」

声が裏返った。

「そんな、シリアルキラーじゃないんだから」

思わず笑いを含んだ口調になる。だが、水絵は笑わなかった。

「お祖母さんはひいお祖父さんを殺したけれど、結局刑務所からも出られないまま亡くなったのよね？　だったら、ひいお祖父さんを殺す意味なんかなかったということになるじゃない」

「それはただの結果論だろ？　結果的にそれほど寿命がなかったってだけで……」

「お祖母さんは、本当に自分の寿命がそれほど残されていないことに気づいていなかったのかしら？」

水絵は私を真っ直ぐに見据える。

「わたしは知っていたんじゃないかと思うの」

「何でそんなことが言えるんだ」

「テレビを買い換えなかったからよ」

彼女は間髪をいれず静かに続けた。

「もちろん、諒ちゃんを傷つけないためという目的もあったとは思うけれど、そんなのひと月も経てばほとぼりが冷めるはずだし、それだけのためなら他にも方法があったはずじゃない？　なのにどうして買い換えずにいたのかな」

「どうしてって……」

「諒ちゃんがテレビを壊しちゃったのは中学に上がる直前、そして事件が起きたのは諒ちゃんが中学に上がった年の夏——つまり、テレビが壊れてから間もない頃にお祖母さんは事件を起こしたことになるでしょう？　それで思ったの。お祖母さんは、もう自分が家で過ごす時間はそれほど長くないことを知っていたんじゃないかって」

「癌だって気づいていたんじゃないかってことか？」

「そう。そして、だからこそ事件を起こすことにしたんじゃないかと思うの」

「……ばあちゃんの殺人は計画的なものだったっていうのか？　だけど水絵はさっき、ばあちゃんがひいじいちゃんを憎んでいたわけじゃないって……」

「憎んではいたと思う。わざと水門を開いていたのを知って強い嫌悪《けんお》感を抱いたのも本当だと思う。だけど、それで殺したわけじゃないのかもしれない」

「だったらどうして殺したりしたんだ」

「村十分になるためよ」

予想もしなかった返しに、私は声も出なかった。

――村十分になるため？

感情を抑えたように淡々と話していた水絵は、そこで微かに顔を歪めた。

「お祖母さんは死んだら久見家のお墓に入ることが決まっていた――実家は『一度他家に嫁いだ者が実家の敷居を跨ぐことは許さない』と言っていたんでしょう？　だったら当然、実家のお墓にも入れてもらえるわけがない。せめて死んだ後くらいこの村から出て行きたくても、方法がなかった。葬式の世話を含めた残りの二分は許されていいいいいいいいいい」

しまっていたんだから

私は大きく息を呑む。

――許されようとは思いません。

あの祖母の言葉は、深い反省から出たものでも、開き直ったものでもなかったというのだろうか。

――言葉の通り、二分も許されないために、野路家と同じ「村の人間を殺したよそ者」になるために曾祖父を殺したのだとしたら。

「だからこそ、お祖母さんは毒草を誤って食べたように装うことも、事故に見せかけて階段から突き落とすことも、ひいお祖父さんの寿命が尽きるのを待つこともしなかったんじゃないかしら」

末期癌を患っていた祖母にとっては、これから残された僅《わず》かな人生よりも、死後の世界の方が近かったはずだ。

――終わりがねぇものはおっかねぇよなぁ。

死を恐れる私に、そう答えた祖母。死後の世界を信じ、先祖の墓を他のどの家よりも綺麗に保っていた祖母。――死後には終わりがない。そして、祖母が入ることが決まっていた墓には、祖母を最後まで苦しめた曾祖父も入ることになっていた。

私は愕然《がくぜん》とした。

祖母は、たしかに曾祖父を憎んで殺したわけではないかもしれない。だが、殺したいほど憎むことと、殺人を犯してでも同じ墓に入りたくないと願うことには、一体どれほどの差があるというのだろう。

そして、祖母はそこまでの暗い情念を抱えながらも、最後まで自分からは久見の家を出ることがなかった。まるで、そんな選択肢は思いつくことすらなかったというように。私には、それがひどく恐ろしいことに思えた。

女性にとって結婚することとは、相手の墓に入ることでもあるのだ。自分を育ててくれた両親や、兄弟、血の繋がった親族たちと離れて、たった一人、相手の墓に入らなければならない。

私はずっと、水絵は結婚というものについてわかっていないのではないかと思ってきた。他人同士が家族になり、新たな家族を作るということの意味を考えたことがないのではないかと。

だが、祖母の真意に彼女は気づき、私は気づくことができなかった。

――結婚について何もわかっていなかったのは、私の方なのではなかったか。

私は、母から連絡を受けた携帯と肩紐の切れたデイパックを見下ろす。

「お祖母さんの骨、どうする？」

水絵は、恐る恐るといった口調で言った。私はゆっくりとデイパックを抱え直す。実家の建て替えの際に預かって以来、何となく押し入れの上の段にしまってあった祖母の骨。時折目にするたびに、祖母に申し訳ないような落ち着かない気分に駆られてきた。けれど——

「とりあえず家に持ち帰るよ」

そこで一度言葉を止め、顔を上げてから口を開いた。

「母さんに相談してからだけど……散骨とかについても調べてみる」

「そうね、それがいいんじゃないかな」

水絵がホッとしたように頬を緩めた瞬間、ふいに背後で物音がした。

「あの……？」

困惑が滲《にじ》んだ声に振り返ると、どこから現れたのか、四十絡《がら》みの住職が怪訝そうな表情で立っている。その視線が咎《とが》めるようにピクニック状態になったベンチの上へ向けられた。

「すみません、扉が閉まっているようだったので、お戻りを待たせてもらおうかと……」

慌ててベンチを立ち、バツの悪さを感じながら言い訳を口にすると、住職の顔に浮かんだ不審な色はさらに濃くなった。

「は？」

「ですから、扉が閉まっていたので、」

「開いてますけど」

住職は独特のイントネーションの標準語で言い、私たちの背後を指さした。

「え？」

私と水絵は揃って振り返る。

——扉は、開いていた。

まるで今の今まで閉まっていた事実などなかったかのように開ききり、内側の墓石が並んだ光景をさらしている。

「そんな……」

「ここを閉めることはほとんどありませんけど」

住職がこちらを胡乱《うろん》げに見つめる。よろめくようにして扉に近づくと、住職の言う通り蝶番《ちょうつがい》には長いこと動かされていないような錆と泥がこびりついていた。

私は指先で蝶番をなぞり、指の腹を見つめる。

しばらくして住職が、あの、という低くかすれた声を出した。

「もしかして、納骨のご連絡をいただいた……？」

私はハッと顔を上げる。

「あ、そうなんですけど」

「ああ、やはりそうですか」

私が、納骨は止《や》めることにした、と続けるより早く、住職は目尻を下げた。

「お待ちしておりました」

背筋を伸ばしたまま腰を軽く折り、ベンチの上をちらりと見やる。

「それでは、ご支度が整いましたら、中へお越しくださいませ」

滑らかな口調で言い、踵《きびす》を返して寺務所へと立ち去っていく。扉の前には、私たちと祖母の骨だけが残された。

沈黙が、落ちる。

私と水絵は顔を見合わせ、それから二人で同時にデイパックを覗《のぞ》き込んだ。けれど、上手く言葉が出てこない。何も言わなくても思いは共有できている気がした。えーと、と心の中でつぶやいて思考を戻す。さっきまで何の話をしていたのだったか。――あ、あ、そうだ。

「たとえば散骨するとしたら、どこがいいかな」

私が顔を向けると、水絵は「んー」と小首を傾げた。

「どうだろうなあ、わたしだったら海がいいけど」

なるほど、と私は顎《あご》を引く。

「了解、覚えておく」

そうつぶやいた瞬間だった。

水絵がきょとんと目をしばたたかせる。

「……それって、もしかしてプロポーズ？」

「あ」

私は自分の言葉を反芻《はんすう》した。

——了解、覚えておく。

確かに、そういう意味になる。

「そうなるな」

私がうなずくと、彼女は微笑みを浮かべて祖母の骨を手に取った。

解説

池上冬樹

本屋大賞にノミネートされた芦沢央の『火のないところに煙は』（新潮社）からはじめよう。芦沢央がまさか怪談を書くとは思わなかったからだが、それもただの怪談ではないところがいい。

この小説は、「神楽坂《かぐらざか》を舞台に怪談を書きませんか」と作家の「私」が「小説新潮」の編集者から突然依頼を受ける場面から始まる。困惑するものの、過去の凄惨《せいさん》な体験を思い出し、過去の事件を小説にすることで解決の糸口を探ろうとするという内容である。

注目点は、まず私小説の形を借りているところだろう。実在する出版社や雑誌名を出して、主人公の「私」は明らかに芦沢央であることを思わせ、そこから怪談を語りはじめるのが面白い。これは明らかに業界を知っていてのことだろう。というのも、ミステリに私小説を持ち込むのは、実話怪談の作家たちが得意としているからで、拝み屋の日常を恐怖と抒情でおりあげる郷内心瞳《ごうないしんどう》（『拝み屋怪談　鬼神の岩戸』）や、建設業に従事しながら怪異体験談を採集する松村進吉が顕著だろう。二人とも自分の人生と生活を中心に物語るが、特に松村は大胆で、最新作『怪談稼業《かいだんかぎょう》　侵蝕《しんしょく》』（角川ホラー文庫）に至ると自嘲《じちょう》、業界への批判、怪談における恐怖分析などを脱力したユーモアでくるんで自由自在。途中で投げ出したような作品もあるけれど、それでも、体験者の人生の一場面を表す象徴として怪異を捉《とら》えていて悪くない。

芦沢央が優れているのは、そのような怪談の最新手法をとりいれながら、ミステリとしての要素を強く入れて、意外な展開と驚きの結末を与えている点だろう。さらにメタフィクションの興趣を入れ込んでいるから感心してしまう。短篇連作のような形をとっているので、堅牢《けんろう》な長篇が高く評価される本屋大賞では下位に甘んじたけれど、精緻《せいち》な作品を作る芦沢央への期待はますます高まるはずだ。

そもそもミステリのジャンルで、芦沢央が注目されたのは、本書『許されようとは思いません』からではないか。二〇一二年『罪の余白』で第三回野性時代フロンティア文学賞を受賞してデビューしてから、『悪いものが、来ませんように』『いつかの人質』と書いたあとに上梓《じょうし》されたのが、二〇一六年の『許されようとは思いません』である。『悪いものが、来ませんように』も『いつかの人質』も書評家の一部の間では話題になっていたが、大注目を浴びたのは本書だった。

今回三年ぶりに読み返したけれど、またも昂奮《こうふん》を覚えた。デビューして四年後の作品がこれほどのレベルとは正直驚く。五作の短篇を収めた短篇集だが、いずれも秀作。推理作家協会賞短篇部門にノミネートされた表題作もいいが、ほかもみな、密度が濃く、技巧が凝らされていて、驚きの結末へともっていく。読むのが息苦しくなるほど世界が緊張にふるえている。

五篇の中でいちばんの傑作は、「姉のように」だろう。事件を起こした姉のようにはならないために、自分の娘への虐待《ぎゃくたい》の衝動を抑えようとする話だ。姉は童話作家として活躍した誇るべき存在で、だからこそ事件は衝撃的で、主人公の「私」は周囲の目を意識して生きていくのだけれど、三歳の娘はいうことをきかず、また夫も「私」を理解してくれず、次第に精神的に追い込まれていく。

ひとつ歯車が狂いだすとどうしようもなく悪い方向へと転がっていく。我慢し、うまくたちまわろうとするものの、情況は容赦なく、幼児虐待に引き込まれていく主婦の心理を徹底的に捉えていて、読むのが辛《つら》くなる。いったい結末はどうなるのかと思っていると、いやはや、最後に足元をすくわれるのだ。どんでん返しがあり、世界が一変する。いままで読んできたものを根底から覆《くつがえ》す仕掛けで、あわてて冒頭にもどって確認すると、ちゃんとそこに事実が書いてある。読者を巧みにリードしつつ、躾《しつ》けと暴力のあわいというテーマを強く訴えながらも、ミステリとしての仕掛けで驚かせる。見事なまでに作り込まれた傑作サスペンスだ。

画家の深層意識に迫る「絵の中の男」もまた、実によく作りこまれている。画廊に勤めながら、なかば家政婦のように女性画家の家に入り込んだ「私」の回想。女性画家は幼いころに一家皆殺しにあった生き残りで、その悲劇を絵画のモチーフにしていたが、やがて描けなくなっていく。そんな時に悲劇が起き、最終的には夫を殺してしまう……。

冒頭で、女性画家がイラストレーターの夫を殺す場面が回想される。ひじょうに視覚的で鮮やかなのだが、何故そうなったのかは伏せられて、少しずつ女性画家の過去が語られていき、ゆっくりと核心へと迫っていく。

物語のスタイルは、一人称の告白体で、この形式は落ち着いた語りになり、劇的構造をもちえないのだが、本作は異なる。「私」が目撃するのは、芸術にとらわれた夫婦の地獄図で、残酷な事実が次々に語られ、ドラマティックになっていく。ミステリであるけれど、画家の苦悩を捉えた芸術家小説としても読ませるし、夫殺しの真実に迫るプロセスも緊迫感がみなぎり、驚きがあり、まことに素晴らしい出来だ。

驚きがあるのはほかの短篇にも共通していて、営業マンを主人公にした「目撃者はいなかった」は、受注の数を間違えた営業マンが会社に内緒で処理しようとして嘘《うそ》を重ねていくサスペンスで、交通事故を目撃しながらも証言をせずにすまそうとするが、そこに思わぬ事件が起きて……という展開。意外性に充《み》ちていて、何よりも怯《おび》えている男の心理が生々しく、読者も窮地から逃れたくなるのだが、そうはいかない。究極の選択を迫られる結末、いや、究極の選択を強いる何者かの存在が暗示されて恐ろしい。

同じく、保身のための悪意が別の形で描かれるのが、「ありがとう、ばあば」。子役として活躍しだした九歳の孫娘・杏を、必死でサポートする祖母の「わたし」と娘との確執、その間に入る杏の物語である。愛の深さが過剰な干渉になりかねない危うさをあぶりだして、やがてある〝事故〟を招く。タイトルの真の意味が浮かび上がる最後が見事。

以上の四作、虐待や悪意などが主で、イヤミスのような印象を与えるけれど、表題作「許されようとは思いません」は温かい余韻が残る。祖母の遺骨をもって「私」が恋人の水絵とともに母の郷里を訪ねる話で、村の寺に納骨するはずが、それに悩むことになる。なぜなら祖母は曾祖父《そう》を殺したからだ。「私は自分の意志で殺しました。許されようとは思いません」と背筋を伸ばして供述した祖母の殺人の動機は何だったのかを探っていく。

ここでも村民たちからの虐待と悪意をうちだしているけれど、祖母の動機をほりさげていく終盤の謎解《なぞと》きは、肉親への愛に支えられ、また水絵との結婚問題もからめてうまく機能しているし、ラストの選択は感動的ですらある。

先述したように、『許されようとは思いません』は刊行後大きな話題をよんだ。年末のベストテンにも選ばれ、二〇一六年版「週刊文春ミステリーベスト10」で第七位、「このミステリーがすごい！」二〇一七年版で第五位、さらに第三十八回吉川英治文学新人賞にもノミネートされた。受賞作は本城雅人《まさと》『ミッドナイト・ジャーナル』（講談社）と宮内悠介『彼女がエスパーだったころ』（講談社）で、候補作は塩田武士『罪の声』（講談社。第七回山田風太郎賞受賞）、木下昌輝《まさき》『天下一の軽口男』（幻冬舎）、葉真中顕《はまなかあき》『コクーン』（光文社）と重量級長篇の強敵揃《ぞろ》いで、短篇集は分が悪かった。選考委員の伊集院静氏も「才能を随所に感じさせ、小説のセンスも良く、好きな作品だった。受賞作と比較すると短篇集という光の細かさが逆にマイナスになったのだろう」と述べているほど。同じく選考委員の恩田陸氏も、「読み手の感情のコントロールがうまく、確信犯的な語りに力量を感じた。いわゆる『最後の一撃』ものを集めている短編集だが、どれもよく出来ている」と評価している。短篇の巧《うま》さはすでにベテランの域に達しているといっていいし、いずれ長篇で複数の文学賞を獲得していくのではないかと思う。大いに期待したいものだ。

（平成三十一年四月、文芸評論家）

この作品は平成二十八年六月新潮社より刊行された。
文庫化にあたり収録作品の順序を変更した。

恩田陸・芦沢央
海猫沢めろん・織守きょうや
さやか・小林泰三著
澤村伊智・前川知大
北村薫

だから見るなといったのに
―九つの奇妙な物語―

背筋も凍る怪談から、不思議と魅惑に満ちた奇譚まで。恩田陸、北村薫ら実力派作家九人が競作する、恐怖と戦慄のアンソロジー。

似鳥鶏
友井羊
彩瀬まる著
芦沢央
島田荘司

鍵のかかった部屋
―5つの密室―

密室がある。糸を使って外から鍵を閉めたのだ――。同じトリックを主題に生まれた5種5様のミステリ！ 豪華競作アンソロジー。

芥川龍之介著

蜘蛛《くも》の糸・杜子春《とししゅん》

地獄におちた男がやっとつかんだ一条の救いの糸をエゴイズムのために失ってしまう「蜘蛛の糸」、平凡な幸福を讃えた「杜子春」等10編。

森鷗外著

山椒大夫《さんしょうだゆう》・高瀬舟

人買いによって引き離された母と姉弟の受難を描いて、犠牲の意味を問う「山椒大夫」、安楽死の問題を見つめた「高瀬舟」等全12編。

O・ヘンリー
小川高義訳

賢者の贈りもの
―O・ヘンリー傑作選I―

クリスマスが近いというのに、互いに贈りものを買う余裕のない若い夫婦。それぞれが一大決心をするが……。新訳で甦る傑作短篇集。

ヘッセ
高橋健二訳

車輪の下

子供の心を押しつぶす教育の車輪から逃れようとして、人生の苦難の渦に巻きこまれていくハンスに、著者の体験をこめた自伝的小説。

須賀しのぶ著

神の棘（Ⅰ・Ⅱ）

苦悩しつつも修道士となった男。ナチス親衛隊に属し冷徹な殺戮者と化した男。旧友ふたりが火花を散らす。壮大な歴史オデッセイ。

吉本ばなな著

白河夜船

夜の底でしか愛し合えない私とあなた――生きてゆくことの苦しさを「夜」に投影し、愛することのせつなさを描いた〝眠り三部作〟。

山田詠美著

蝶々の纏足・風葬の教室

平林たい子賞受賞

私の心を支配する美しき親友への反逆。教室の中で生贄となっていく転校生の復讐。少女が女に変身してゆく多感な思春期を描く3編。

川上弘美著

おめでとう

忘れないでいよう。今のことを。今までのことを。これからのことを――ぽっかり明るくしんしん切ない、よるべない十二の恋の物語。

本谷有希子著

生きてるだけで、愛。

25歳の寧子は鬱で無職。だが突如現れた同棲相手の元恋人に強引に自立を迫られ……。怒濤の展開で、新世代の〝愛〟を描く物語。

辻村深月著

ツナグ

吉川英治文学新人賞受賞

一度だけ、逝った人との再会を叶えてくれるとしたら、何を伝えますか――死者と生者の邂逅がもたらす奇跡。感動の連作長編小説。

連城三紀彦著

恋文・私の叔父さん

直木賞受賞

妻から夫への桁外れのラヴレター、5枚の写真に遺された姪から叔父へのメッセージ。男と女の様々な〈愛のかたち〉を描いた5篇。

沢木耕太郎著

深夜特急 1

―香港・マカオ―

デリーからロンドンまで、乗合いバスで行こう――。26歳の〈私〉の、ユーラシア放浪が今始まった。いざ、遠路二万キロの彼方へ!

恩田陸著

夜のピクニック

吉川英治文学新人賞・本屋大賞受賞

小さな賭けを胸に秘め、貴子は高校生活最後のイベント歩行祭にのぞむ。誰にも言えない秘密を清算するために。永遠普遍の青春小説。

角田光代著

笹の舟で海をわたる

不思議な再会をした昔の疎開仲間は、義妹となり時代の寵児となった。その眩さに平凡な主婦の心は揺れる。戦後日本を捉えた感動作。

窪美澄著

ふがいない僕は空を見た

山本周五郎賞受賞・R-18文学賞大賞受賞

秘密のセックスに耽る主婦と高校生。暴かれた二人の関係は周囲の人々を揺さぶり――。生きることの痛みを丸ごと包み込む傑作小説。

篠田節子著

仮想儀礼(上・下)

柴田錬三郎賞受賞

金儲け目的で創設されたインチキ教団。金と信者を集めて膨れ上がり、カルト化して暴走する――。現代のモンスター「宗教」の虚実。

島田荘司著　写楽　閉じた国の幻（上・下）

「写楽」とは誰か――。美術史上最大の「迷宮事件」を、構想20年のロジックが打ち破る！　現実を超越する、究極のミステリ小説。

朱川湊人著　かたみ歌

東京の下町、アカシア商店街ではちょっと不思議なことが起きる。昭和の時代が残したメロディが彩る、心暖まる七つの奇蹟の物語。

白河三兎著　田嶋春にはなりたくない

キャンパスの日常の謎を、超人的な観察眼で鮮やかに解き明かす田嶋春に、翻弄され、笑わされ、そして泣かされる青春ミステリー。

長江俊和著　出版禁止

女はなぜ〝心中〟から生還したのか。封印された謎の「ルポ」とは。おぞましい展開と、息を呑むどんでん返し。戦慄のミステリー。

楡周平著　再生巨流

一度挫折を味わった会社員たちが、画期的な物流システムを巡る新事業に自らの復活を賭ける。ビジネスの現場を抉る迫真の経済小説。

須賀敦子著　地図のない道

私をヴェネツィアに誘ったのは、一冊の本だった。イタリアを愛し、本に愛された著者が、水の都に刻まれた記憶を辿る最後の作品集。

東山彰良著

ブラックライダー（上・下）

「奴は家畜か、救世主か」。文明崩壊後の米大陸を舞台に描かれる暗黒西部劇×新世紀黙示録。小説界を揺るがした直木賞作家の出世作。

早見和真著

イノセント・デイズ

日本推理作家協会賞受賞

放火殺人で死刑を宣告された田中幸乃。彼女が抱え続けた、あまりにも哀しい真実――極限の孤独を描き抜いた慟哭の長篇ミステリー。

星新一著

悪魔のいる天国

ふとした気まぐれで人間を残酷な運命に突きおとす〝悪魔〟の存在を、卓抜なアイディアと透明な文体で描き出すショート・ショート集。

小野不由美著

月の影 影の海（上・下）

―十二国記―

平凡な女子高生の日々は、見知らぬ異界へと連れ去られ一変した。苦難の旅を経て「生」への信念が迸る、シリーズ本編の幕開け。

誉田哲也著

アクセス

ホラーサスペンス大賞特別賞受賞

誰かを勧誘すればネットが無料で使えるという「2mb.net」。この奇妙なプロバイダに登録した高校生たちを、奇怪な事件が次々襲う。

宮部みゆき著

魔術はささやく

日本推理サスペンス大賞受賞

それぞれ無関係に見えた三つの死。さらに魔の手は四人めに伸びていた。しかし知らず知らず事件の真相に迫っていく少年がいた。

新潮文庫最新刊

佐伯泰英著
日の昇る国へ
新・古着屋総兵衛　第十八巻
川端と坊城を加えた六族と忠吉、陰吉、平十郎等。一族と和国の夢を乗せてカイト号は全速発進する。希望に満ちた感涙感動の最終巻。

辻原登著
籠の鸚鵡
強請り、公金横領、ハニートラップ……。バブルと暴力団抗争に揺れる紀州の地に、ワルどもと妖艶な女の欲望が交錯する犯罪巨編！

芦沢央著
許されようとは思いません
入社三年目、いつも最下位だった営業成績が大きく上がった修哉。だが、何かがおかしい。どんでん返し100%のミステリー短編集。

花房観音著
ゆびさきたどり
そのままもっと、奥まで触れて――。「坊っちゃん」「友情」「山月記」など誰もが知る名作を欲情で彩る、文庫オリジナル官能短編集。

福田和代著
BUG 広域警察極秘捜査班
冤罪で死刑判決を受けた天才ハッカーは今、超域的犯罪捜査機構・広域警察の極秘捜査班〈BUG〉となり、自らを陥れた巨悪に挑む！

七河迦南著
夢と魔法の国のリドル
楽しい遊園地デートは魔王退治と密室殺人の謎解きに？　パズルと魔法の秘密を暴き、二人は再会できるのか。異色の新感覚ミステリ。

新潮文庫最新刊

佐江衆一著
黄落
ドゥマゴ文学賞受賞

「黄落」それは葉が黄色く色づいて落ちること。父92歳、母87歳。老親と過ごす還暦夫婦の凄絶な介護の日々を見つめた平成の名作。

北方謙三著
寂滅の剣
―日向景一郎シリーズ5―

日向景一郎と森之助。宿命の兄弟対決の刻は目前に迫っていた！　滅びゆく必殺剣を継ぐふたりの男を描く――剣豪小説の最高峰。

山本周五郎著
五瓣の椿

連続する不審死。胸には銀の釵が打ち込まれ、傍らには赤い椿の花びら。おしのの復讐は完遂するのか。ミステリー仕立ての傑作長編。

坂口安吾著
不良少年とキリスト

圧巻の追悼太宰治論「不良少年とキリスト」、織田作之助の喪われた才能を惜しむ「大阪の反逆」他、戦後の著者絶頂期の評論9編。

佐藤優著
君たちが知っておくべきこと
―未来のエリートとの対話―

受講生は偏差値上位0.1％を生きる超難関校の若者たち。彼らの未来への真摯な問いかけに、知の神髄と社会の真実を説く超・教養講義。

毎日新聞大阪社会部取材班著
介護殺人
―追いつめられた家族の告白―

どうしてこうなったのか――。裁判官も泣いた、在宅介護の厳しい現実。家族を殺めてしまった当事者に取材した、衝撃のレポート。

許《ゆる》されようとは思《おも》いません

新潮文庫　あ－97－1

令和元年六月一日発行

著者　芦《あし》沢《ざわ》央《よう》

発行者　佐藤隆信

発行所　株式会社 新潮社
郵便番号　一六二―八七一一
東京都新宿区矢来町七一
電話 編集部(〇三)三二六六―五四四〇
読者係(〇三)三二六六―五一一一
https://www.shinchosha.co.jp

価格はカバーに表示してあります。

乱丁・落丁本は、ご面倒ですが小社読者係宛ご送付ください。送料小社負担にてお取替えいたします。

印刷・大日本印刷株式会社　製本・加藤製本株式会社

ISBN978-4-10-101431-9　C0193